Primeiros Contos

Miguel Sanches Neto

Primeiros Contos

Curitiba
2008

Ilustração da capa
Frede MT

Editor
Thiago Tizzot

S194p Sanches Neto, Miguel
       Primeiros contos / Miguel Sanches Neto. – Curitiba :
   Arte & Letra, 2008.
       116 p.

       ISBN 978-85-60400-12-0

       1. Conto brasileiro. I.Título.

                                   CDD 869.93

Copyright © Miguel Sanches Neto

Todos os direitos reservados. Proibida a reprodução, no todo ou em parte, através de quaisquer meios.

Arte & Letra Editora
Rua Sete de Setembro, 4214/1202 - Centro
Curitiba - PR - Brasil - CEP 80250-210
Fone: (41) 3223-5302
www.arteeletra.com.br

Contos

O senhor da noite / 07
Porque era verão / 09
Negativo / 13
Uma infância feliz / 17
Vozes / 21
Mulher chorando / 23
Dia de tirar o lixo / 27
A primeira morte de meu pai / 31
Cine Vera / 37
Segundo lar / 43
A segunda morte de meu pai / 49
Sinal vermelho / 57
Terceiro braço / 61
Atrás dos olhos da menina / 67
Silêncio branco / 79
A deseducação dos cinco sentidos / 83
O segundo guardião / 91
Meu senhor / 95
O correspondente vitalício / 101
Os sapatos do filho pródigo / 107
Hoje, domingo / 115

O SENHOR DA NOITE

Toca sanfona em praça pública e sempre consegue mais do que precisa para o quarto de pensão e o pê-efe. O dinheiro que sobra ele aplica na Raspinha. Já ganhou duas vezes. Sem saber até hoje, o vendedor bem quieto ficou com o prêmio.

– Roubando cego, hein! – disse um bêbado que percebeu a malandragem.

Os olhos são duas caçapas de mesa de sinuca, lacradas por uma courama murcha.

Em Peabiru, foi sanfoneiro de zona. Trabalhava de noite e cochilava de dia no quarto das mulheres. Os gigolôs nem se incomodavam com a presença de um morcego.

Em Curitiba, continua sua vida noturna sob o sol. Das nove às vinte horas pode ser encontrado no calçadão da Rua XV, nunca no mesmo lugar. Pula de um canto para outro do tabuleiro este que é o senhor da noite.

Sapo é seu fiel empresário. Cuida para que ninguém roube as gorjetas. Vigia a sanfona e o banquinho enquanto Tomé sai para o almoço ou para jogar. Olhos vermelhos de bebida, Sapo recebe indiferente o sanduíche de pão com vina e a garrafinha de refri. No final do dia fica com 20% dos lucros, que ele contabiliza errado, roubando o que pode. Com o que consegue indevidamente, à noite se embebeda.

Agora o Tomé vai pro restaurante, tateando o chão com a bengala. Os meninos que catam papel, ao vê-lo, gritam por pura diversão.

– Pega!
– Isso mesmo, vamos pegar o dinheiro do Tomé.
– Está no bolso da calça.
– Aproveita que ninguém tá vendo.
– Agora!

Em pânico, ele fica parado, atrapalhando as pessoas que passam. Encolhe-se todo, as mãos protegendo o bolso, e chora em silêncio, na sua solidão de cego.

As lágrimas escorrem para dentro.

PORQUE ERA VERÃO

– E se... – começou a dizer.
– Continue – insistiu o marido.
– Nada não, uma idéia maluca que tive.
– Então fale.
– Melhor esquecer.
– Este é o problema, estamos sempre esquecendo.

Ele foi à cozinha, abriu o forninho e retirou um prato coberto com um guardanapo de pano, sentindo o cheiro do risoto. A comida fria mata a fome mas não sacia – pensou, enquanto se sentava sem apetite. Se quisesse comida fresca, teria que preparar, e estava cansado demais neste fim de domingo.

Deixou o prato sobre a mesa, sem tirar a toalha de renda que a cobria, pensando que se ela visse isso desaprovaria sua falta de modos – o que custa retirar a toalha, pegar a outra na gaveta do armário e preparar as coisas de forma minimamente civilizada? Se ela viesse com esta história, ouvida tantas vezes, ele apenas repetiria, de boca cheia: nem comer em paz essa porcaria eu posso?

Ela não foi à cozinha e ele mastigou rapidamente a comida, uma colherada atrás da outra, sem sentir o gosto. Em seus lábios, uma camada de gordura deixou um brilho encardido. Levantou-se de uma vez, empurrando a cadeira, como se tivesse algo urgente para fazer, batendo o joelho na mesa e soltando um palavrão, e foi pra pia. Abriu a torneira e deixou a água escorrer no prato inclinado e depois o abandonou no fundo da cuba.

Incomodado pela ardência no estômago, parou na sala e ficou vendo tevê, retardando o momento de procurar a cama, onde a encontraria em sua camisola curta, o corpo à mostra, um corpo ao qual ele também recorreria sem prazer, apenas para matar a fome.

No corredor pro banheiro, cruzou com ela e com um cheiro de creme, e isso piorou seu estômago. Enquanto escovava os dentes, sentiu os seios volumosos contra suas costas e as unhas compridas subirem por sua coxa. Ele se mexeu, tentando afastá-la, mas ela tomou isso como carinho. Seus olhos pediam e ele não teve como fugir.

Seguiram para a cama, ele tentando não olhar para ela, toda empenhada em simulacros de sedução. Derrubou-a sobre a colcha antes que inventasse algum truque.

Há muito tempo tudo era rápido. Logo vinha o fim e eles se separavam, meio constrangidos. O marido dormiu um sono morto, sem sonhos, e, quando acordou, com os pés gelados da mulher procurando os seus, encontrou-a de olhos acesos.

— E se voltássemos a Curitiba para reencontrar o que perdemos? – ela perguntou.

Ele ficou estudando uma rachadura no teto, tinha que pintar a casa, amanhã ligaria pro pintor. Mas logo mudou o rumo dos pensamentos.

Era uma noite de inverno quando se encontraram pela primeira vez. Ele tinha ido à capital para resolver alguns problemas do escritório e, no final de uma reunião prolongada, decidiu caminhar, parando num quiosque para um café com creme. Notou, na outra ponta do balcão, uma morena que o olhava sedutoramente e, em poucos segundos, já estavam conversando.

No hotel, ele descobriu que ela era muito mais bonita nua. Depois de cinco dias de namoro, ela, que morava em Joinville, resolveu seguir para o interior – sem casamento nem explicações a ninguém.

Agora, passados mais de dez anos, estavam procurando uma razão para continuarem juntos.

– Uma semana de férias naquele mesmo hotel.

O marido permanecia em silêncio e ela sabia que esta era sua maneira de concordar, fugindo de qualquer responsabilidade sobre a decisão que seria unicamente dela.

Depois de mais alguns minutos, ele falou, fingindo desinteresse:

– Se voltássemos ao mesmo hotel não estaríamos revivendo o encontro. O que nos uniu foi o acaso.

Estava definida a viagem.

A mulher embarcou numa quarta-feira para Joinville, onde ficaria dois dias visitando parentes. Depois, seguiria para Curitiba. Eles se beijaram na porta do ônibus.

No domingo pela manhã, o marido foi de carro à capital. Chegou no fim da tarde e se hospedou num hotel distante do centro. Passava horas infindáveis vasculhando sebos, em busca de edições esgotadas. Caminhava pelo Largo da Ordem e pelas ruas pobres, parando nos bares para tomar cerveja bem gelada, porque era verão. Voltava muito cedo ao hotel e ficava até de madrugada vendo filmes, dormindo sem escovar os dentes, como no tempo de criança.

Ela gastava boa parte da manhã se arrumando, com um zelo que só as quarentonas têm. Depois vagava pelas lojas da cidade, parando nas confeitarias para um chá. Nunca almoçava, reservando sua fome para o jantar. Na primeira noite em Curitiba, ficou em dúvida: deveria jantar sempre no mesmo restaurante ou ir cada noite a um lugar diferente? O que estava em jogo era a espera ou a procura? Acabou preferindo variar. Daí ter experimentado comida chinesa, italiana, mineira, frutos do mar... Levantava tarde e dormia mais tarde ainda, nesta ronda gastronômica que já não tinha objetivo. Queria apenas sair, ver gente e ser vista.

No quinto dia, ele voltou. Sentia-se bem na casa vazia. Em breve, pensou, ela retornará.

Mas ela só chegou uma semana depois.

NEGATIVO

Nunca havia me dado conta dos dois mundos isolados no prédio onde moro. Um elevador leva os moradores dos pisos pares e outro dos ímpares. Isso sempre foi algo que não significou nada para mim. Por natureza, não sou uma pessoa que repara muito nas coisas. Subi e desci incontáveis vezes sem me sentir pertencendo a nenhum grupo específico, crendo que este sistema era usado apenas para melhorar o fluxo de moradores. Agora percebo que o que havia de normal e aceitável nesta divisão fez com que eu fechasse os olhos para a tática de segregação que a determinou.

Descendo apressado ao trabalho, encontrava outras pessoas que também corriam rumo aos escritórios para mais um dia de servilismo mal-remunerado. Somos uma legião de funcionários responsáveis que vive sempre tentando cumprir os compromissos: pagar as contas chegar ao emprego na hora certa levar os filhos à escola ir para a praia nos feriados trocar de carro a cada três ou quatro anos. Durante todo este tempo não tive consciência de pertencer a este grupo. Partilhei o elevador com pessoas que, por serem tão parecidas comigo, jamais me causaram qualquer estranhamento. Tomava o elevador par, cumprimentava os demais ocupantes e seguia impaciente a navegação vertical.

As mulheres com quem dividi este apertado espaço nunca deixaram qualquer brecha para uma abordagem. E no fundo elas não me excitavam por se parecerem demais com minha esposa. Mas só percebi tudo isso depois de descobrir que havia um plano para isolar os moradores do prédio. Talvez quem o arquitetou já tenha morrido, pois a construção é antiga, e agora a divisão não passa de um hábito inconsciente a que nos entregamos por simples preguiça de mudar as coisas.

Foi subitamente que me dei conta de que não conhecia ninguém, nem de vista, que morasse em um andar ímpar. Passei então a prestar atenção. Quando me encontrava no térreo, tentava ver os moradores da outra margem, mas, como eu estava sempre atrasado, não podia perder tempo montando guarda para conhecer meus vizinhos.

Passavam-se os dias e eu ficava mais intrigado. Era impossível que durante tanto tempo eu não encontrasse ninguém do elevador ímpar saindo para o serviço durante a manhã ou chegando em casa à tarde. Essa era a rotina de nós todos. Pensei em perguntar aos meus vizinhos para ver se algum deles freqüentava os andares servidos pelo outro elevador. Mas como somos muito fechados, avessos a qualquer tipo de intromissão na vida alheia, achei melhor me calar. Era evidente que todos tinham o mais profundo desinteresse pelas pessoas que moravam no prédio. A vizinhança forçada já os obrigava a cumprimentar a metade do prédio e eles, com certeza, não queriam nem ao menos saber da existência da outra metade.

Numa noite em que não conseguia dormir, resolvi descer ao térreo. Quando saí do elevador, notei o espanto do porteiro: eu estava, provavelmente, infringindo algum tipo de regra. Em questão de minutos, durante minha breve permanência no hall, vi inúmeras pessoas usando o elevador ímpar. O nosso continuava parado, enquanto o outro não tinha descanso. O que me chamou a atenção não foi só a grande movimentação noturna, mas o aspecto das pessoas. Trajavam roupas escuras e provocantes, calças justas e rasgadas, deixando nesgas de pele à mostra. As mulheres vestiam pequenas peças provocantes, usavam esmalte preto ou roxo, geralmente combinando com o batom. O porteiro ficou preocupado com minha presença. Mas não me falou nada, a repreensão vinha apenas do olhar dele. Para justificar minha atitude, que poderia parecer bisbilhoteira, acendi um cigarro e fui até o jardim, sentei-me no banco, escolhendo uma posição que, discretamente, me permitisse acompanhar a entrada e a saída das pessoas.

Um grupo de travestis passava ruidosamente rumo à noite. Uma moça agarrava-se a um velho na porta de um automóvel. Mulheres sensuais saíam com latas de cerveja na mão, rindo muito.

Eram os vizinhos incógnitos dos andares ímpares, estranha fauna que vivia nas sombras. Apesar da proximidade, estávamos separados deles. Sol e lua em turnos alternados.

Um senhor muito familiar saiu rapidamente do prédio. Levantei-me e fui atrás dele. Queria conversar um pouco, porque de repente me senti só, tão só quanto um sol noturno. Andei alguns metros e vi que ele parou junto a umas prostitutas. Era engraçado ver a minha rua de sempre tomada por uma população que faz outro uso dela. Na frente do banco, as garotas de programa exibiam coxas e seios. Passei ao lado da pessoa que eu perseguia, fitando-a, mas sem coragem de abordá-la. E então intuí quem estava com aquelas meninas. Apesar das roupas coloridas e do tênis velho, era alguém muito parecido comigo. Talvez fosse eu mesmo. Comecei a notar que cada uma das pessoas que eu tinha visto à noite correspondia a alguém que morava nos pisos pares. Aquelas eram nossas sombras.

Voltei ligeiro ao prédio e entrei no elevador par sem nem olhar para o porteiro. Tinha cruzado uma fronteira que até então não existia para mim. Em casa, fui para a cama mas não consegui dormir.

Desde então, toda vez que, na hora de subir, vou tomar o elevador, fico indeciso.

UMA INFÂNCIA FELIZ

Tentando mentir para a miséria, o pai nos deu nomes de leite em pó que jamais chegamos a tomar. Eu me chamo Nestogeno e meus irmãos, Ninho e Pelargon. A comida que nos criou estava bem longe de nossos nomes – virado de banana, feijão, um ou outro pedacinho de carne e o que dava no quintal.

Quando já éramos crescidinhos, o pai começou a criar uma porca, presente de um compadre. Seria nossa salvação, pretendia cruzar com cachaço de raça e iniciar um negócio. Nunca vou esquecer do dia em que chegou com ela, estava alegre, tão alegre que nem parecia ser ele. Tirou do saco de estopa a porquinha e ela saiu andando com toda a calma pelo quintal que a mãe estava varrendo. Assim que começou a fuçar nos ciscos, levou uma vassourada. Todos nós rimos do susto dela. Mas logo voltou a rodear a mãe e em um instante já era amiga da gente.

Como não tínhamos brinquedos, ficamos loucos pra fazer dela uma forma de diversão. De todos, Ninho era o mais terrível e quis colocar uma coleira na porca, pra passear com ela pelo quintal. O pai não deixou porque a porca era nosso patrimônio, era tudo que a gente tinha,

Uma infância feliz

e merecia respeito. Isso é uma coisa séria e não brincadeira de criança, falou o pai. Ela foi presa no chiqueiro, preparado antes, aonde passamos a ir várias vezes por dia, pra levar a lavagem recebida dos vizinhos. A porca crescia e engordava, dando muito orgulho pra gente. Era toda a nossa esperança e a gente sempre se agarra a uma esperança, mesmo quando ela é miúda, tão miudinha que só existe pra quem não tem outra. O pai, doente do coração, carecia de força pra trabalhar e a gente ainda não tava na idade de enfrentar qualquer coisa além das lições da escola, que tomavam tanto tempo e esforço. A gente queria era virar criador do porco e já estava aumentando o chiqueiro pra esperar as crias que com certeza viriam.

Muitas vezes, sem ter nada pra fazer, a gente soltava a bichinha e ficava olhando nosso patrimônio fuçar o quintal. O pai proibiu a gente de correr atrás dela, era pra olhar de longe. Ninho vivia tentando laçar o pescoço dela e sempre levava uns cascudos do pai. Pelargon gostava era de olhar a porca fazendo as necessidades. Seus olhos encardidos brilhavam quando ela mijava na nossa frente.

Enquanto a gente ficava namorando o bicho, o pai fazia contas com uma vareta no chão. Contas complicadas, não sei quantos porcos em dois anos, tantos em cinco. O preço da carne ou da banha vezes tanto. Ele sonhava com números, falava na reforma do barraco, na compra de um rádio pra mãe. A mãe tinha arrumado o fundo de um velho tacho pra quando começasse a matar os porcos que ainda nem tinham nascido. Lembrando de tudo agora, posso dizer que esta foi a melhor época de nossa vida, a gente se reunia olhando o futuro que estava naquela porca, cada semana mais gorda e bonita.

Não sei quando percebi que alguma coisa estava pra acontecer. Mas foi antes de surpreender Pelargon alisando a porca com uns olhinhos de desejo. Saí correndo e fiquei pensando se devia contar ao pai, mas achei que aquilo não atrapalhava os planos da gente e que era apenas mais uma forma de gostar daquele bicho que nos tiraria da miséria.

E toda vez que via a porca mijando, eu sentia uma coisa estranha e me lembrava de Pelargon. O destino da gente estava correndo risco. Porco era bicho sagrado. Os crentes dizem que é animal impuro, porque está na Palavra de Deus, mas não pra mim.

Num dia em que o pai e a mãe tinham saído, ouvi, vindo do quintal, uma gritaria louca. Saí correndo e pude ver o Ninho cavalgando a porca. Pelargon corria atrás do cavaleiro, batendo na montaria com uma vara. Fiquei desesperado. Eles não podiam tratar daquele jeito o nosso patrimônio. Era errado, gritei pra pararem, mas os dois continuavam judiando do bicho, que logo caiu e não pôde se levantar.

Saí atrás do pai. Eu tinha muito ódio, queria matar meus irmãos e, quando encontrei o pai no boteco da rodoviária, falei, chorando, Pai, agora a gente tá pobre de novo.

Já sabendo de tudo, ele chegou em casa surrando Ninho e Pelargon, que apanharam tanto que nem puderam, à noite, sair da cama pra comer a carne dela.

A porca tinha quebrado a espinha e o pai tratou

logo de sangrar. A mãe, avisada por mim, veio da casa da vizinha e preparou o fogo, xingando Deus e o mundo. Toda vez que eu passava perto, achava alguma coisa pra se irritar comigo e lá vinha cascudo. Acho que foi de tanto levar cascudo a vida inteira que nunca consegui aprender nada direito. Deve ter avariado algo aqui dentro.

Sem chorar, o pai limpava a porca com raiva e quando ele abriu a barriga dela, usando a faca com muita força, imaginei que queria era matar meus irmãos. De tarde, fritamos a carne no tacho que a mãe consertara pro futuro que não chegou. O pai convidou os amigos. Eles trouxeram pinga e todos bebemos. Minha primeira bebedeira. Só fomos dormir quando a pinga e carne acabaram.

O pai nunca mais teve ânimo pra fazer nada e alguns anos depois morreu. Ninho foi esfaqueado numa briga de boteco e está enterrado no mesmo túmulo do pai. Às vezes penso nele, foi o grande culpado de tudo. Pelargon casou com uma professora até que bonitinha e vive em casa, sem fazer nada, cuidando dos três filhos. Eu fiquei com a mãe e nunca mais parei de beber, porque quando durmo bêbado sonho com o tempo em que a gente foi feliz.

VOZES

A menina que há pouco aprendeu a andar já corre desequilibrada pela casa, tendo em seu encalço a mãe zelosa, que súbito se descobre mãe em tempo integral. Largou o emprego na loja de decorações, pouco se reúne com as amigas, sai de casa com menos freqüência, tudo para se dedicar à infância urgente. E a filha, com gargalhadas, num êxtase que a faz tremer de alegria, percebe que a mãe se igualou a ela numa brincadeira sem idade.

Muitas vezes, cortando alguma verdura na pia, ou preparando o banho do bebê, ou arrumando seu berço com todo carinho, a mãe começa a pensar coisas diabólicas.

Por que não enfio esta faca em seu peito, ou afogo-a na banheira, ou sufoco-a com o cobertor? Eu então voltaria a ser quem eu era.

Mas uma outra voz, muito mais forte, grita:

A menina é inocente.

Ao que sua voz diabólica, agora sim irada, responde:

O crime dela foi matar a mulher que eu era, fui assassinada e ninguém se importa.

Mas a outra voz continua ecoando:
Inocente. Inocente. Inocente.
Nestas horas, a mãe deixa o que está fazendo e corre ao encontro da filha. Ela a envolve em seu corpo e a beija, fazendo-se escudo contra o mundo. Tem que defendê-la contra a maldade que se aninha em cada ser humano, inclusive nela.

E súbito sente-se plenamente recompensada.

MULHER CHORANDO

Foi exatamente naquele momento, ao ver os pivetes desnutridos banhando-se no chafariz da praça, que ela tomou a decisão. Ficara parada alguns minutos diante do tanque urbano de água suja, Agora tenho certeza – disse para si mesma. Segurou com mais força um papel com o endereço, que ficara um dia e uma noite nas profundezas quietas de sua bolsa. Não ousara tocar nele, como se fosse algo perigoso. Mas enfim se sentia segura, É o melhor! Um pivete só de cueca e todo arrepiado passou por ela. Magro e encardido, o seu corpo, por onde escorriam fios de água, parecia tão frágil na manhã de sol acanhado. Susana apertou o papel e começou a caminhar.

Ia olhando os prédios com muito cuidado, queria encontrar o local rapidamente, fazer o que fosse necessário e sair logo em seguida. Algo como uma pequena cirurgia sem dor nem marcas, como dissera a amiga que tinha fornecido o endereço. Era disso que precisava. Ainda ouvia as palavras da amiga, Uma coisa rotineira, você vai ver.

Parou diante de uma portinha forrada de bolsas e cintos, conferiu o número olhando demoradamente o

Mulher chorando

papel. A mulher que vendia as bolsas entendeu tudo e mostrou uma escada no fundo do corredor escuro.

Susana subiu os degraus com passo firme, o papel amarrotado entre os dedos e o coração em disparada, Por causa do esforço da subida. No topo da escada havia apenas uma porta. Ela bateu, abriu suavemente e entrou.

Deu com dois bancos de madeira tomados por algumas mulheres que conversavam alegremente sem notar sua presença. Isso a deixou mais à vontade. Foi até um canto da sala, onde havia uma secretária, a quem se apresentou.

Quantos meses?

Uns dois.

O pagamento é adiantado.

Sei – interrompeu Susana que, após abrir a bolsa, pegou um maço de notas previamente contado, e colocou sobre a escrivaninha.

A secretária conferiu o dinheiro enquanto Susana deixava o olhar perder-se por entre as mulheres que conversavam animadamente.

Pode aguardar sua vez – disse a funcionária –, o doutor está atrasado.

Susana sentou-se e logo ouviu o barulho da descarga do vaso sanitário. Era um grito desesperado que lutava contra as águas em galerias estreitas. Momentos depois, do consultório do médico surgiu uma moça muito pálida. Despediu-se das demais com um sorriso fraco e desceu as escadas.

Da outra sala veio uma voz de general irritado, A

próxima! E uma mulher de uns trinta anos encaminhou-se para a fonte daquela ordem.

Enquanto ela esteve lá dentro, Susana percebeu uma movimentação apressada. Tudo durou uns vinte minutos, prolongados infinitamente pela espera. Susana ficou imaginando o que estavam fazendo com a mulher. Não devia ser nada grave, pois não se ouvia grito nem choro. Apenas a descarga uivou demoradamente.

Quando saiu, Susana ficou aliviada por sabê-la viva. Não estava pálida, mas andava com passos inseguros e, sem se despedir, precipitou-se até a porta de saída.

Não soube ao certo quantas mulheres foram atendidas enquanto esteve ali nem quantas chegaram depois dela. Só percebia o ciclo, perfeito. A voz chamando a próxima, o som dos sapatos contra o assoalho carunchado, a porta se fechando, a movimentação, o grito de afogamento escorrendo pelos canos, as faces pálidas e a queda cuidadosa escada abaixo.

Nenhum incidente quebrou o ritual, tudo na maior naturalidade, como no dia de sua primeira comunhão. A longa espera na igreja, as colegas indo em silêncio até o confessionário e, depois, tomando o rumo do altar, onde, ajoelhadas, cumpriam a penitência de tantas ave-marias. Susana imaginava que as amigas confessavam não os pecados delas, mas os seus. Era como se todas tivessem cometido os mesmos erros.

Então chegou a sua vez. Segurou a bolsa contra o ventre, apertando-a como único conforto, e deslizou pelo assoalho sem fazer nenhum ruído. A porta se fechou e ela se recusou a olhar para o médico.

Mulher chorando

Do lado de fora, as mulheres conversavam, a secretária atendia uma menina de uns quinze anos e uma gorda lixava as unhas enquanto ouvia sua companheira. Mas nenhuma delas tricotava roupinhas miúdas. Chegou outra mulher com um guarda-chuva molhado que deixou um fio de água no chão da sala. Outra tirou da bolsa uma revista velha e ficou lendo, alheia a tudo. Havia também quem estudasse as paredes envelhecidas, mas sem a menor preocupação. A única novidade foi o sobressalto da mocinha, surpreendida pelo grito da descarga, ampliado pela acústica do prédio. Mas ninguém percebeu nada e logo tudo voltou ao normal.

Susana saiu e foi até a escada. Estava branca e se agarrava com todas as forças à sua bolsa, comprimindo-a contra o ventre, Os degraus da escada são infinitos – pensou. Nem acreditou quando atingiu o último. No fim do corredor escuro ficava a porta e ela se sentia como quem tivesse andado horas por um túnel, através de uma montanha, para na saída se deparar com a paisagem do início.

A vendedora de bolsas ameaçou um sorriso de atenção ao vê-la, Correu tudo bem? Sim, respondeu Susana, ganhando a rua sob uma chuva finíssima.

Tomou um rumo qualquer e começou a andar, para manter-se sob controle. Só olhava o calçamento, mas, por um instante, ergueu os olhos e viu um homem bem vestido, segurando o filho pela mão. O menino tinha as bochechas rosadas e salientes. Susana juntou toda a sua força, mas em vão.

DIA DE TIRAR O LIXO

O dramaturgo está escrevendo de novo, passa o dia em casa, debruçado sobre a mesa da cozinha, os braços gordos e a mão enorme sobre o tampo. A caneta cria sulcos nas folhas de papel, ele não aprendeu sequer a usar máquina de escrever.

A manhã é quieta no apartamento, apesar do barulho dos carros na avenida. Ele não sonha com paisagens bucólicas, sua literatura não precisa do silêncio do campo nem de horizontes amenos. Um escritor na cidade. O apartamento no meio do barulho é o lugar perfeito e ele se sente bem na cozinha, não se importa de não ter escritório, escrivaninha organizada, de não poder roçar a sola do pé num tapete – os pés correm o ladrilho, identificando pequenas rachaduras. Está feliz, este é seu mundo, e sua literatura só faz sentido nele. Se seus personagens não possuem diplomas, não freqüentam lugares elegantes, o escritor também não precisa de um outro mundo.

Precisa de tempo. E tempo ele tem. A manhã é larga e há pela frente a tarde inteira. Precisa de caneta e papel. E isso também não falta. A música-de-fundo dos carros, que para alguns poderia atrapalhar, é um conforto.

Dia de tirar o lixo

Sente sede e vai ao bule de café. Está frio, mas assim também é bom. Sobraram uns pedaços de pão no cesto de vime. Ele come um sem passar manteiga. Depois volta a escrever como quem empurra um carrinho de concreto, com força e para frente.

A caneta borra a folha, mas isso não tem a menor importância. A mulher na loja, a filha dando aula, o mundo em seu lugar.

O livro vai crescendo num único ritmo, seu corpo vergado sobre a mesa, como um adulto sendo alfabetizado. Esta é a imagem. Ele escreve com a mesma força de quem se alfabetiza, apesar da barba branca e dos cabelos despenteados. Desde que se levantou, não fez outra coisa a não ser escrever. Não lavou o rosto nem se trocou. Veste ainda a roupa de dormir, uma bermuda larga e a camiseta de um encontro de teatro acontecido três anos atrás. Não calçou chinelos. Levantou para escrever.

A mulher e a filha saíram ainda escuro para o trabalho, não existe telefone em casa, o interfone não funciona há bastante tempo. Nenhuma palavra perdida. E já é quase meio-dia. As palavras vão direto para o papel, as outras ainda giram em sua cabeça.

Alguns jovens lhe perguntaram a receita para escrever um bom livro. Ficar mudo, ele disse. É claro que ninguém entendeu a resposta, acrescentada à lista de suas brincadeiras. Vendo-o trabalhar, a frase ganha sentido: só no mais completo silêncio podemos chegar a um texto razoável. Por isso, quando escreve, não assiste tevê, não sai de casa, não abre os jornais nem liga o rádio.

Na hora do almoço, nada de perder tempo. Estes

são os dias de trabalho e de jejum. Dias bíblicos, portanto. Começo de um mundo. Do silêncio à palavra.

Não há muita coisa na geladeira, mas consegue arranjar duas salsichas em um pacote aberto. Come com gosto as salsichas geladas no pão murcho. Mais um copo de café frio e ele está satisfeito.

As palavras querem sair, não precisa pensar muito. Tudo perfeito. O barulho da torneira pingando não quer dizer nada. A louça suja na pia também não. O banho por tomar, muito menos. Dono absoluto das horas longas e vazias.

A caneta fere a página e, durante a tarde toda, ele só se levanta duas vezes – para beber água e uma xícara de café. E depois dizem que escreve rápido. Apenas escreve como um homem. A força de sua escrita está nisso. Segura firme a caneta. Nada de delicadezas, meu Deus, este mundo não é delicado. E ele não quer ser escritor de um mundo falso. Está bem no seu. Não, não escreve rápido, só não desperdiça palavras. Mas podem acusá-lo de tudo, nunca se importou com isso.

Logo está na hora da filha e da mulher retornarem. Acende a luz da cozinha. Deixa as folhas na mesa. De novo diante da geladeira. Há alguns legumes e a batata está com aspecto muito bom. Uma sopa. Leva as sobras pra pia, lava as mãos e depois os legumes. E começa a cortar batata, cebola, abobrinha verde (que está chocha, mas ninguém notará), cenoura e vagem. O alho deixa em seus dedos um odor saudável e sua boca se enche de água. Encontra macarrão no armário. Água fervendo na chaleira, alho dourado na panela, cheiro de alimento cru. Paz.

Dia de tirar o lixo

A filha e a mulher entram. O aroma de legumes invadiu a casa enquanto ele toma banho, prolongando o silêncio por mais alguns minutos. A mulher assume a sopa. A filha, para arrumar a mesa, retira os papéis, colocando-os sobre a cadeira. Ela se senta e começa a ler.

Minutos depois está chorando.

– Mãe, o pai enfia o dedo na ferida. Mais uma peça que ninguém vai encenar, mais uma frustração, mãe. Até quando?

– Não fale assim.

– O pai não se cansa desse mundinho.

– É o nosso mundo.

– Mas ele tem que aprender a criar outro.

– Não fale isso para ele, por favor!

Ouvem a porta do banheiro se abrir. A filha enxuga as lágrimas. A mãe põe a sopa na mesa. Ele entra alegre, recebe o beijo da mulher, depois segura a mão dela com força. Com a outra, aperta o ombro da filha.

– Como foi o dia, pai?

É a primeira vez que vai falar hoje, por isso demora um pouco.

– Bom. Muito bom.

Ele se senta e retira bastante sopa da panela. A mulher também se serve, molhando um resto de pão no caldo.

A sopa da filha esfria enquanto ela presta atenção no barulho de uma mosca na área de serviço, pensando que hoje, segunda-feira, é dia de tirar o lixo.

A PRIMEIRA MORTE DE MEU PAI

Escrever sobre a morte de meu pai era sacrilégio, mas a professora havia pedido uma redação sobre algo que tivesse marcado a vida da gente. Por isso estava triste ao encher a folha com minhas letrinhas tremidas.

Todos na sala se divertiam, narrando um passeio, as férias na cidade, uma pescaria... Só meus olhos estavam molhados. Hoje, posso compreender esta atração pela escrita. Meu pai, que sempre foi trabalhador do campo, de tempos em tempos sonhava que estava lendo um livro. É duro conviver com um desejo deste. A gente acaba fazendo disso o motivo da vida. Escrever e ler para mim sempre foram uma forma de pagar essa dívida do pai. Por isso sou um rapaz mais quieto e maduro do que os demais.

Se eu quisesse, não precisaria ter feito a redação. Dona Adélia é muito compreensiva. Era só dizer que não estava passando bem. Mas eu queria escrever sobre aquilo que me incomodava.

Sempre sinto as perdas antecipadamente. Mal o dia nasce e já estou temendo a noite. Padeço de ansiedade, sofro agora o que só acontecerá depois. Por isso escrevia a redação com os olhos úmidos, preenchendo lentamente as linhas da folha em branco.

"Hoje levantei cedo para olhar os campos antes de vir para a escola. Queria ver se havia alguma coisa no alçapão deixado no matinho perto do roçado onde o pai estava trabalhando. Ele acordou antes do nascer do sol para aproveitar a manhã. Ouvi a mãe preparando o café e os dois falando que era bom, muito bom eu estar indo bem nos estudos, assim não precisaria trabalhar na roça. Comovido com esta conversa, decidi aproveitar a visita ao alçapão para ver o pai, mesmo sabendo que ele desaprovava minhas andanças pelo sítio, principalmente por aquela região, onde havia cobras."

Parei neste ponto porque Dona Adélia se aproximou de mim e ficou me olhando escrever. Ela tinha um cheiro doce, parecido com o perfume do canteiro de flores da mãe. Isso me deixava um pouco tonto. Para disfarçar, comecei a apontar o lápis e então ela perguntou se estava tudo bem. Sim, está tudo bem, respondi, prestando atenção nas aparas do lápis que iam caindo no chão sujo de terra. Ela se afastou e pude continuar.

"Fui pra mata e descobri que não havia nada no alçapão. Para pegar sabiá tinha que ter outro numa gaiola ao lado. Só com uma fêmea como isca era possível atrair o passarinho. E tudo que tinha colocado na armadilha era um pouquinho de quirera de milho. Vou acabar pegando mesmo é pardal. Sabiá, jamais. Ficava tarde e eu tinha que vir para a escola, mas antes fui ver o pai. Ele estava derrubando umas árvores, seria fácil achar a clareira no meio do mato, onde plantaria arroz. De longe eu poderia ouvir as pancadas do machado contra o tronco. O pai é homem forte, de poucas palavras. Só ver o jeito como ele trabalha para compreender que é um homem bom. Ele tem uma maneira tranqüila de fazer as coisas, sem raiva nem cansaço, mesmo sabendo que nossa vida é difícil, que temos que levantar de madrugada e trabalhar durante mais de dez horas. O pai nunca reclama. Nas piores tarefas, acha um motivo para se contentar. Se uma capivara estraga a plantação, ele volta para casa planejando uma caçada. Assim é o pai. Acho que puxei para mamãe. Sou mais emotivo, não aprendi a rir e sou cego pras coisas boas que existem no meio das coisas ruins. Só vejo sofrimento onde o pai consegue ver alguma alegria. Por isso admiro tanto ele. Fiquei parado por alguns minutos no meio da mata sem ouvir nenhum barulho. O vento deve estar soprando em outra direção, pensei, ou talvez o pai esteja descansando um pouco. Saí correndo para a clareira, pulando alguns paus e abrindo caminho entre cipós e galhos finos. Assim que cheguei ao local onde ele devia estar trabalhando, percebi que havia alguma coisa errada. Vi algo branco debaixo de um tronco e comecei a correr."

Levantei a cabeça e notei que a professora, da mesa, olhava pra mim, Está na hora do recreio, Luís. Vendo a sala quase vazia, fiquei ainda mais tímido. A maioria dos alunos já tinha acabado a tarefa e estava brincando no pátio. Outros ficaram na sala trocando figurinhas ou comendo o lanche trazido de casa. Apenas eu não tinha terminado o texto. Permaneci algum tempo debruçado sobre o papel e logo retomei a escrita. Estava no meio de um acontecimento importante.

A primeira morte de meu pai

"Sabia o que estava me aguardando. Quando cheguei bem perto, vi o tronco sobre o peito dele, o machado caído ao lado da mão direita. Na boca havia muito sangue e os olhos esbugalhados mostravam o tamanho da dor que ele tinha sentido. Não toquei no corpo. Nem chorei, estava muito assustado para isso. Naquela hora, lembrei do que o pai me disse um dia. Se eu morrer, você tem que ser forte e cuidar da mãe como o homem da casa. A condição de homem da casa, não sabia bem o que isso significava, não me deixou fraquejar. Como homem da casa, eu devia estudar, não podia matar aula. Como homem da casa, meu comportamento deveria ser diferente. Pensei em correr para a escola, mas o homem da casa não se desespera. Vim andando, passo firme, machucando as pedras da estrada. Assisti à aula de matemática como se não tivesse acontecido nada e já estava quase esquecendo tudo quando a professora de português pediu para a gente escrever sobre algo importante. Foi por isso que me lembrei de contar a história da morte do pai."

Coloquei ponto final e comecei a passar a limpo, usando agora caneta. Sim, eu gostava de escrever, mesmo sobre assunto doloroso. Estava quase feliz por ter conseguido contar tudo aquilo, apesar do remorso daquela alegria.

A turma voltou, agora em fila, e a aula de português recomeçou. Depois de alguns minutos a professora pegou o livro de chamada e fez o sorteio dos cinco alunos que deveriam ler suas composições em voz alta. Por azar, fui um dos sorteados. Em outros dias, isso me daria prazer, mas desta vez eu tinha medo.

Fui o último a ler, e logo no início estava chorando. Imaginar o pai da gente morto é difícil, agora escrever sobre a morte dele e depois ler para os outros é mais difícil ainda. Mesmo sofrendo, fui até o fim. A professora ficou assustada e, quando terminei a leitura, me abraçou com força. Neste abraço longo, fiquei aninhado na maciez de seus seios. Nada mais tinha sentido para mim, queria ficar ali eternamente.

No entanto, Dona Adélia me largou e dispensou a turma, já alvoroçada. Seguiu comigo para a diretoria e explicou tudo, comunicando que me levaria em casa. A diretora passou a mão em meus cabelos e pediu coragem. Eu não sabia como terminar a história. Se falasse para eles que todo dia, quando o pai saía para trabalhar, eu ficava imaginando que ele ia morrer e que tudo não passava de medo de perdê-lo, ninguém compreenderia.

E havia uma grande verdade naquela mentira. Anos mais tarde, o pai realmente morreria, não esmagado por uma árvore, mas de enfarto.

Não contei nada para a diretora e logo Dona Adélia me arrastava pela estrada de nosso sítio. Não devia ser nem onze horas, o céu estava limpo e resolvi aproveitar a companhia. Ela me fazia carinho, dizia coisas bonitas e, de mãos dadas, parecíamos namorados. Eu estava achando bom aquilo.

Quando avistamos nossa casa, olhei bem para ela, reunindo forças, e disse, Agora você tem que voltar, a mãe não sabe da morte dele e eu não quero contar isso na frente de estranhos. Sem que ela pudesse responder, saí correndo. Ninguém pode imaginar quanto tinha me custado chamar Dona Adélia de estranha. Por isso chorava.

Não sentia mais minhas pernas quando a mãe me viu e percebeu que havia acontecido algo. Parei de uma vez e fiquei esperando.

Ao sentir seu abraço, eu, o homem da casa, chorei ainda mais. Não sabia como explicar a ela que o pai tinha morrido.

CINE VERA

Entediado, saiu pro serviço. Depois do almoço não tinha vontade de voltar à rua que, àquela hora, ficava muito quente. Abriu o portão para cair na tarde ensolarada, deixando para trás o frescor da casa. Começou a caminhar lentamente, fechando os olhos pro sol e pra poeira vermelha que subia do chão. Andou uns cinco minutos, estudando cada detalhe do caminho. Não queria chegar, por isso sentou-se no banco da praça, onde ficou alguns instantes, indiferente ao calor. Decidido, levantou-se e foi à venda do Lúcio. Era o único habitante da cidade com quem podia conversar sobre outras coisas além da crise da cafeicultura, política de roça e mulheres.

Quando entrou na venda, sentou-se perto do balcão, esperando que o amigo terminasse de atender um freguês. Lúcio, mais velho do que ele uns dez anos, também se interessava por literatura e chegara a morar em Curitiba, mas, com a morte do pai, teve que assumir o armazém.

Assim que se livrou do freguês, o amigo se aproximou.

– Não agüento mais, Lúcio!

— Isso é maneira de cumprimentar os outros?

— Hoje não estou bem, tenho de mudar a vida.

— Você está parecendo meu pai: cinqüenta anos reclamando da cidade, trinta com a barriga encostada neste balcão, nunca foi nem ao município vizinho. Sempre sonhando com a viagem, todo ano planejando partir no mês tal para tal lugar; nos últimos tempos, andava falando em vender tudo para morar na capital, onde eu estava.

— Por isso não posso ficar sequer mais um dia.

— A terra aqui é boa, as raízes se aprofundam rapidamente, quando a gente percebe já não dá mais para mudar a árvore que somos.

Ficaram conversando o resto da tarde. Ele não foi trabalhar e isso fez com que se animasse um pouco. Lúcio trouxe cerveja. De vez em quando tinham de interromper a conversa para atender um ou outro freguês. Nesses intervalos, ele ficava observando a venda. Suas paredes de tábuas estavam sujas e cobertas de teias de aranha. O assoalho tinha frestas imensas. Todo o estoque, encostado nas paredes sem nenhum critério, estava empoeirado. Era realmente uma paisagem triste. E pensar que Lúcio tinha sonhado com a carreira artística. Participara de algumas peças de teatro, chegando a receber prêmios. Já não tinha mais nenhum sonho, para não repetir a história do pai.

Maria de Lourdes entrou na venda. Ele já estivera noivo dela, mas agora nem se olhavam. Os três anos de namoro não passavam, em sua memória, de um encontro de alguns segundos. Quando romperam o noivado, Lúcio quis saber a razão.

— Maria de Lourdes jamais se mudaria.

— Nem você... Para os que não partiram na juventude, não há salvação.

Maria de Lourdes comprou um pacote de macarrão e logo se foi. Algum tempo depois, Lúcio fechou a venda e os dois saíram juntos. A noite começava a roubar o horizonte, deixando-o vermelho. Os bares estavam cheios, e a conversa deveria ser a mesma. Eles não entrariam. Caminharam umas duas quadras até a entrada do Cine Vera. Convidou Lúcio para assistir ao filme, mas o amigo não aceitou, tinha que ir para casa, amanhã é sábado e você sabe que o movimento cresce. Lúcio ficou mais alguns minutos e depois desceu a avenida mal-iluminada.

Sentindo-se abandonado, entrou no cinema sem olhar os cartazes do filme que já havia começado. Subiu as escadarias abrindo uma brecha nas cortinas de veludo vermelho e, no clarão de uma cena, viu que tinha pouca gente. Sentou-se na primeira fila, perdendo-se na história. Não sabia direito o que estava acontecendo, mas isso não era importante. Valia a pena estar ali simplesmente porque o filme se passava em uma cidade grande. Ele acompanhava as cenas que revelavam São Paulo. E logo já nem distinguia os atores, faziam parte daquela multidão desconhecida que tanto buscara.

Sempre se quis estranho, forasteiro.

Agora passava perto das pessoas sem sequer tentar reconhecê-las. Caminhava mudo pelas ruas de São Paulo, olhando tudo, acostumando-se com sua nova situação. Quando já estava exausto, completamente vencido pelo cansaço, começou a procurar o caminho de casa.

Dera tantas voltas que não sabia direito como chegar. Ficou vagando até quase meia-noite, quando foi seguido por uns pivetes. Correu e, talvez iluminado pelo apuro, encontrou a pensãozinha onde morava.

Entrou pálido, mas ninguém quis saber se acontecera algo. Depois de alguns minutos na sala de televisão, foi para o quarto com cheiro de bolor.

Não sabia direito há quanto tempo estava em São Paulo. Trabalhava numa loja de calçados o dia todo, à noite saía sozinho pelos bares e, antes de voltar à pensão, entrava numa ou noutra livraria aberta até mais tarde. Aos poucos, os livros foram preenchendo seu quarto. O problema é que eles não preenchiam sua solidão.

Tentou, sem sucesso, fazer amizades. Em certas horas, sentia vontade de estar casado, ter um filho. Mas sabia que isso era impossível. Não havia nenhuma mulher em sua vida e ele também não tinha como sustentar uma casa.

Todo o seu passado era uma ficção, a apagada história de alguém estranho, um sonho que não pode ser totalmente recordado. Sobreviveram apenas imagens desconexas. E isso era mais um motivo de amargura. Não ter um antes, ser folha seca de um outono morto.

Sem curiosidade, saía para longas caminhadas.

Em um domingo, depois de andar algumas horas, foi parar num subúrbio e logo procurou um bar para comer algo. Sentado à mesinha de lata por mais de uma hora, estudava os nomes riscados no tampo e achava normal não conhecer nenhum deles. Eram letras apenas. Assim como as pessoas da rua eram somente sombras.

E ele, alguém que nunca ouvira seu nome ser chamado na rua.

Tentou se lembrar da sua chegada a São Paulo, mas não conseguiu se recordar de nada. Tinha sido há quinze ou vinte anos? Em alguns momentos, achava que nascera ali.

Levantou-se da mesa, pagou a conta, guardou o dinheiro e saiu. Logo encontrou um cinema e parou para olhar o cartaz. Não prestou atenção no nome do filme, analisando somente as fotos. Havia uma poeira fina no ar, uma poeira imemorial, e as pessoas que estavam na foto maior pareciam familiares, embora não pudesse precisar onde e quando as conhecera. Em outras fotos, viu campos e montanhas que o comoveram. Enfim teve a revelação. O filme se passava na sua cidadezinha do interior.

Foi ao guichê e comprou um ingresso, mas não entrou imediatamente. Acendeu um cigarro e ficou esperando o filme começar.

Depois de uns dez minutos, pegou o bilhete, olhou distraidamente para ele, colocou-o novamente no bolso e desceu a rua.

No dia seguinte, segunda-feira, teria que estar às sete na loja de sapatos.

SEGUNDO LAR

Um edifício é uma árvore que não cresce dos nutrientes tirados por suas raízes de concreto, falsa árvore, portanto, que encobre o chão, ignorando a fertilidade do solo. Foi isso que pensei quando, depois de tantos anos, acabei voltando ao bairro de minha infância, guiado por um corretor de imóveis que insistira para eu conhecer um edifício novo, com apartamentos amplos. Confesso que achei a idéia interessante. Voltar a Curitiba me deixara disposto a esses retornos, como se a ausência de 30 anos fosse insignificante, uma frágil linha entre o passado e o presente.

Durante minha estada em São Paulo, terminei o colegial, cursei a universidade e entrei para o setor de propaganda. Agora voltava para montar minha própria agência. Mas não desejava apenas melhorar profissionalmente, queria livrar-me de uma solidão que me acompanhava desde a adolescência.

Ao chegar ao local do edifício, reconheci a rua. Apenas algumas casas daquela época sobreviveram. A maioria havia sido destruída para dar lugar a prédios. Dos chalés de madeira não havia nem sinal. E o edifício

Segundo lar

de apartamentos que eu fora ver estava construído exatamente no terreno do antigo sobrado.

O corretor me levou para o décimo andar falando com entusiasmo das vantagens do imóvel, mas não prestei atenção. Havia cruzado um limite, estava em outro lugar.

Estela tem os olhos azuis como certas manhãs de verão. Mora num chalé de madeira com os pais e os avós, e estou sempre com ela. Depois da aula, caminhamos pelo bairro fazendo planos. Aos quinze anos a gente tem a mania de fazer planos, de prometer o impossível, de se preocupar com os outros. Principalmente de se preocupar com os outros.

Nosso local predileto é o sobrado. O velho Eurico sempre nos recebe alegre. Se não está na horta, cultivando couves (um velho entre altos pés de couve é tão bonito quanto um campo de trigo), está lendo num dos cômodos da casa, que já se encontra praticamente em ruínas.

— Não vale a pena consertar, meus filhos, nada pode ser conservado, nunca se esqueçam disso.

— Nunca esqueceremos – é a voz baixa de Estela que acabamos de ouvir.

— Até os livros se tornam ruínas – ele diz.

— E como sabemos quando um livro virou ruína? – agora que você já conhece a voz da Estela, deve ter percebido que quem está falando é ela.

— Quando você não tem mais vontade de abrir um livro e ler um trecho ele já está acabado, só não se esfarelou ainda porque o papel é bom, mas o conteúdo é apenas pó.

— Ah, então é por isso que nas estantes de casa há tanta poeira!

Todos rimos da brincadeira de Estela.

O sobrado é nosso segundo lar. Abandonamos Eurico às suas leituras ou às suas hortaliças e nos perdemos pelos cômodos. Em muitos pontos da parede, o reboco escuro já caiu, deixando exposta a ossatura de tijolos. As tábuas do forro estão despencando, os poucos móveis estragaram-se. O bairro inteiro acha que o velho é maluco. Tem poucas amizades, não sai de casa, nem para ir ao bar. Lê o tempo todo. No lugar do jardim cresce um mato rebelde. A cada vento, a casa fica mais destelhada. Em dia de chuva, é difícil encontrar cômodo seco. E o velho passa a maior parte do tempo na rede. Suas roupas estão desbotadas e ele anda sempre descalço.

— Faz mais de dez anos que não uso nem chinelo — e, para provar, mostra o cascão da sola. — Posso pisar em brasa que não sinto nada, meus filhos, os próprios pés criaram uma proteção, não careço desses calçados que apertam os calos.

Quando o conhecemos, contou-nos a história do sobrado.

— Eu tinha trinta anos e era próspero comerciante, ainda solteiro, porque queria construir uma casa antes de me casar; comprei este terreno e mandei riscar a planta, contratei mestre de obra e começamos o serviço; tudo foi muito lento, eu ajudava a construir, desejava morar em algo que fosse meu de verdade, que tivesse os sinais de minhas mãos, mas à medida em que o sobrado era levantado eu notava que ele ia se deteriorando; o rebo-

Segundo lar

co trincou, o forro ficou torto, as telhas escureceram; uma força invisível ia desfazendo aquilo que, com tanto sacrifício, a gente construía; o que mais me desesperava era ver as rachaduras na parede; elas cresciam, se ramificavam; foi nesse momento que descobri: não podíamos conservar nada, a deterioração é a lei que impera em tudo; não há sentido em gastar a vida restaurando as coisas, temos que conviver com as ruínas, sem escondê-las, até que, familiarizados, possamos ignorá-las; o homem também é uma ruína, nunca se esqueçam disso, meus filhos.

O sobrado não foi concluído. Durante anos os andaimes permaneceram encostados na parede, até que, totalmente podres, voltaram à terra. Eurico vendeu a loja e se mudou para a casa inacabada, de onde jamais saiu. Cultiva a horta e relê seus poucos livros. O sobrado ficou, para ele, como símbolo do perene.

— Só dura aquilo que não luta contra a natureza — ele sempre nos diz.

Ou:

— Tudo é abandono, meus filhos, não disfarcemos.

Hoje é minha última visita ao sobrado. Quero me despedir, mas não tenho coragem de falar que vou para São Paulo. Eurico prepara a terra para plantar hortaliças. Estela come, fazendo muito barulho, uma cenoura recém-arrancada do canteiro. A tarde tem uma suavidade odiosa. Tudo bonito demais para eu estragar com a notícia. Mas Eurico pressente algo.

— Quero que vocês fiquem com o sobrado quando eu morrer.

— Não fale assim, Eurico! — é uma voz com hálito de cenoura.

— Sei que vocês são os únicos que manteriam o sobrado sem alterações; e aqui é o lugar de vocês dois.

Estela aponta um beija-flor num dos canteiros, interrompendo a conversa. Ficamos mais algum tempo juntos, depois deixamos o sobrado e cada um toma um dos sentidos da rua. Olho para trás enquanto Estela segue decidida para sua casa e para o passado.

A porta do carro estava aberta, o barulho do motor me despertou para a necessidade de ir embora.

— Este é um bairro de futuro — me disse o corretor.

Concordei, fechando a porta e observando a paisagem que começava a se movimentar.

O corretor me deixou no escritório, onde encontrei muito serviço. À noite, no hotel, resolvi continuar minha vida de hóspede. Não conseguiria morar definitivamente num apartamento ou numa casa.

Desde então, nunca fico mais do que seis meses num hotel, mudo-me depois de passar por todos os quartos, sem deixar marcas nem me apegar às coisas.

Mesmo assim, uma sombra mutilada me habita.

A SEGUNDA MORTE DE MEU PAI

Durante décadas meu pai viveu trancado na biblioteca que toma todos os cômodos desta casa. Por causa dos livros nos abandonou, como se um monte de papel mal cheiroso pudesse substituir o mais irrelevante afeto de uma família. O velho arredio que jamais me fez um carinho era cheio de cuidados com livros em frangalhos, numa perversão que me repugnava.

Meu filho, você só receberá esta carta quando eu já não estiver no aconchego de minha biblioteca, e a escrevo mesmo sabendo que esta é uma atitude vã, como vãs foram todas as nossas conversas, mas talvez você se alegre ao saber que com ela não quero sensibilizar ninguém para a minha opção de vida – pois já estarei devidamente morto, no inevitável convívio com os vermes, que espero menos tedioso do que o convívio com os homens –, o que desejo com esta carta é passar algumas recomendações para que consiga um pouco de dinheiro com meus livros.

Sempre soubemos que o velho escondia aqui as suas economias, só ficava a dúvida sobre a forma de guardar o dinheiro. O seu salário e depois sua aposentadoria migravam para estas estantes, talvez em barras de ouro ou dólares embutidos em velhos livros, o difícil será agora achar os esconderijos, mas me anima a certeza de que neles encontra-se uma boa quantia que dará para eu viver uns anos, recompensando-me pela perda desta casa, que o filho da puta deixou para uma entidade de assistência a drogados.

Como você sabe, nunca usei nenhum tipo de perfume. Depois de tocar a mão perfumada de alguém, tenho que rapidamente lavar a minha com sabão neutro. Mesmo as mulheres cheirosas nunca me seduziram, porque sou uma pessoa que não percebe o mundo pelos cinco sentidos. Por isso, muito me espantou quando, ainda jovem, comecei a apreciar o cheiro dos livros. Freqüentador assíduo de sebos, fui me viciando no odor de mofo e de velhice do papel. Logo depois de ver a capa de um volume velho, com discrição aproximo-o de minhas narinas e aspiro lentamente. Faço isso às escondidas, para não ser notado por curiosos a quem repugna o meu inocente vício. Só então ouso abrir o livro e percorrer suas intimidades. E confesso que sempre me envolvi muito mais com um livro velho do que com esses cuja virgindade é exposta em livrarias inodoras.

Esta casa está fedendo a bolor, não sei como o velho conseguia viver aqui, só mesmo um porco igual a ele poderia suportar o cheiro de cachorro molhado que sai dessas estantes. Não faço a menor idéia de como começar a procura. Acho que o ideal é principiar pelo quarto, o lugar mais reservado da casa, menos exposto aos ladrões, é lá que devem estar os esconderijos. Mal vejo a hora de pôr as mãos na recompensa que me espera. Deduzi que o dinheiro estaria aqui quando fui ao banco em que ele tinha conta e constatei que não havia nenhuma caderneta de poupança no seu nome. Claro, pensei, ele não confiaria num banco, porque os únicos amigos para ele eram os livros. Logo, o dinheiro só pode estar escondido nas estantes. Daí me lembrei de uma frase dele, que ouvi sem prestar muita atenção e sem entender, Minha riqueza está nesta biblioteca que juntei ao longo de décadas. Na hora achei que o velho estava falando uma besteira qualquer, daquelas que ele escrevia nos jornais e nas revistas, mas agora consegui entender o sentido. É por isso que estou aqui, para pegar o que é meu.

Minha biblioteca, meu filho, nasceu ao sabor de minhas leituras e tem o tamanho de meu espanto. Quando eu morrer, ela se desdobrará em duas; na que me acompanhará até que apodreçam os meus neurônios e na que ficará para você. De certa forma, estarei deixando apenas a sombra de minha verdadeira biblioteca, que é interior. Embora eu tenha sido isso que chamam de bibliófilo, eu me fiz, antes de mais nada, um leitor. Um colecionador de raridades vê o livro como algo concreto, com uma existência física bem definida. Mas, para o leitor, ele transcende a limitação de coisa para ser parte de seu imaginário. Da leitura fica um resíduo que já não é mais o livro e sim algo híbrido e condensado que, em linhas gerais, o contém. Para mim, possuir concretamente um volume sempre foi menos importante do que ser povoado pela lembrança da obra. Pertencendo a outra natureza, minha biblioteca é virtual e se chama memória.

Esta, você, que nunca leu nada, não herdará. Aproveite, no entanto, os exemplares que deixo sem deles me desfazer.

Alcanço a primeira estante do quarto onde ficam os livros encadernados em couro, que deveriam ser os seus prediletos. Abro desesperadamente um por um e vou jogando tudo no chão, com ódio. Em alguns casos, rasgo o livro sem piedade, inconformado com este último esforço que devo fazer para conseguir uma coisa que é minha. Quando me canso de esvaziar as estantes, sento sobre um monte de livros, vendo no ambiente caótico uma afronta ao velho que sempre foi tão organizado. Lá fora chove e transpiro por ser obrigado a procurar a herança que o desgraçado continua me negando mesmo depois de morto.

Na biblioteca eu passei os melhores momentos de minha vida. Colecionando obras raras, somei ao prazer da leitura um outro prazer que, embora secundário, muito me ajudou a me sentir integrado a épocas que não vivi mas às quais me liguei. Ler uma primeira edição é como conversar com o autor, é como ser um contemporâneo dele, por isso esta perversão de me sentir parte de obras antigas. Os tijolos deste edifício de livros, que conquistei do esquecimento, das estantes dos sebos, das mãos dos negociantes insensíveis, trazem as marcas corruptoras do tempo. Dentro desta biblioteca, eu me senti fora do presente. O incenso do passado que dela emana tem o poder de me transportar a um território mágico – penetrar nesta biblioteca (a única atividade sexual que me permiti depois que abandonei sua mãe) é habitar uma época perdida. Um livro com odor de velhice, meu filho, deve ser amado por ter resistido aos anos, por ter lutado contra as traças, contra os leitores imprudentes, as crianças sádicas, somente para, num ato de doação extrema, nos comunicar uma mensagem resgatada das dobras do passado. Mas isso são sutilezas que você não consegue entender.

Não demora muito até o chão de parquê se tornar um monturo de papel revirado. Para continuar minha busca tenho que me livrar dessa imundície. Pego um carrinho de mão que está no jardim e transporto os volumes para os fundos do terreno, deixando-os na chuva. Depois darei ordem para que um catador venha recolher a pequena montanha que se formará no quintal de meu pai, o grande filho da puta que trocou a vida por papel impresso. Violar a biblioteca no início me pareceu algo enfadonho, mas vejo que está servindo para matar definitivamente o velho. Enquanto esta biblioteca sobreviver, ele estará sorrindo de minha ignorância, mostrando que é melhor do que eu. Esta biblioteca tem o tamanho de sua vaidade, por isso vou reduzi-la a lixo.

Sei que minha biblioteca não servirá para nada, que no pequeno apartamento em que você mora não haveria lugar para ela. Eu, que nunca tirei fotos, por não concordar com esta mania de guardar tudo, juntei esses 25 mil volumes. Já disse que não me importo com o destino que dará a eles, porque a verdadeira biblioteca, a que jamais se dissolve, carrego-a comigo, em alguma parte esquecida de meu cérebro. A ela recorro mesmo quando vou fazer as mais simples atividades do dia-a-dia. Se tenho que entrar em uma sala, alguma recordação de leitura me leva a comparações; se conheço alguém, logo tento identificar semelhança com personagens de livros que li há décadas. É como um imenso e invisível arquivo. Por isso poderá dar o destino que quiser aos livros, até doar a uma instituição, que julgo o destino mais estúpido dentre todos porque sempre haverá uma inteligentíssima bibliotecária, dessas que gostam somente de livros novos, para enfiar o acervo num porão qualquer, alegando que não há espaço para doações. Em todo caso, este já não é um problema meu.

Anoitece e continuo a vasculhar sem sucesso a biblioteca. Não sei bem quando perdi todas as esperanças de encontrar algum dinheiro nos livros. Ele talvez esteja em um cofre, em fundos falsos de móveis ou embutido na parede. Afinal, tantos anos de economia devem ter deixado ao velho uma boa grana, que seu egoísmo com certeza enterrou em algum canto desta casa. Mas, mesmo assim, continuo derrubando os livros das estantes e carregando-os para o quintal, para deixá-los em contato com a água da chuva, que os purificará. Esta atividade me alegra porque me limpa da lembrança do idiota que foi meu pai. Cada livro jogado fora é um peso que tiro de meus ombros, é como enterrar, sempre mais fundo, o pai, o seu mundo mesquinho, a sua auto-suficiência odiosa, mais odiosa ainda quando sabemos que todos somos dependentes. Eu mato meu pai ao estraçalhar seu mundo de papel.

Cresci numa família pobre e foi com sacrifício que juntei este acervo, que agora é seu, para fazer o que você achar melhor. Meu conselho é que procure um livreiro de São Paulo (o advogado tem o endereço dele), que dará uma quantia razoável por estas primeiras edições, muitas delas autografadas. Talvez não seja o que você esperava receber, mas é que os livros foram o meu vício, e você, que desde jovem é alcoólatra, deve saber que os vícios não rendem dividendos. Todo o meu dinheiro eu o gastei comprando esses volumes, alguns custaram pequenas fortunas para alguém da minha condição econômica. Esta biblioteca deve recompensar você de alguma forma. O livreiro está instruído e a avaliação dele é generosa, pode negociar sem receios. A biblioteca me custou muito mais do que a soma que estão dispostos a pagar, mas de certa forma o que está à venda é apenas a duplicata dos livros que, lidos por mim, seguem-me para este endereço onde pretendo usufruir eternamente das leituras que fiz durante minha permanência neste outro lado. Espero que saiba ao menos tirar algum proveito material desses meus livros que agora também são seus.

Sem conseguir atacar as últimas prateleiras, escorrego para o assoalho. Olhando as estantes vazias, sinto uma paz que nunca encontrei nesta casa.

SINAL VERMELHO

Assim o quadro nasceu em minha mente, inteiro e com cores vivas. Cada detalhe definido com uma precisão assustadora. Agora era trabalhar até conseguir passá-lo para a tela. E justo num momento em que pensava ser impossível voltar a pintar.

Então senti o sacolejar do ônibus e lembrei-me que estava longe do meu quarto, de meus materiais. Não podia pintar justo quando um quadro – o melhor de todos – surgia do nada.

Fechei os olhos e me concentrei, olhando-o no vazio de minha mente. Havia um domínio da cor vermelha, mas as demais estavam presentes em proporção equilibrada. Sua fragilidade exigia esforços dobrados. O quadro, visto internamente, era uma janela em minha escuridão.

Eu só levantava as pálpebras de vez em quando, para acompanhar o movimento do ônibus. O resto do tempo eu me deixava ficar nas galerias interiores, apreendendo o que me fora dado. Bastava traduzi-lo para uma linguagem de cores e traços.

Desci no ponto ao lado da universidade e percorri os corredores, direto para a sala de aula, com os olhos meio

Sinal vermelho

fechados, vigiando o que eu trazia em mim. Comecei a primeira das cinco aulas de História da Arte. Falava com os olhos fechados, mirando a pintura íntima, enquanto algo em mim produzia uma fala – sem nenhum equívoco – que me era totalmente alheia. O quadro sofreu um grande risco de se danificar no instante em que, acabada a exposição, os alunos começaram a fazer perguntas. Eu tinha então que me desdobrar: responder e vigiar minha obra. Fiz isso com grande dificuldade. Alguns risinhos abafados indicavam que o público estava se divertindo com minha maneira absurda de lecionar: olhos fechados e respostas lentas.

Acabou a primeira aula e eu, atrapalhado, fui para outra sala, sentando-me na cadeira. Sem fazer a chamada, comecei a explicar o assunto do dia. Mas quando pude voltar a meu quadro interior, notei que algo se perdera. Era como se uma parte estivesse embaçada. E isso me deixou desesperado. Fixei bem minha visão interna, não poderia deixar que mais nada se diluísse.

A aula seguiu o mesmo método da anterior. Quando cheguei à outra turma, percebi (como já desconfiava) que mais uma parte do quadro estava perdida. Era como se a oculta mão que em mim criou aquela obra fosse borrando-a, impaciente com minha demora. Isso me deixou angustiado. Pensei em abandonar a universidade e procurar meus pincéis. Mas o salário de professor mantinha a pintura. O único caminho era a conciliação, que eu vinha conseguindo até aquele momento.

A cada aula o quadro ia se desfazendo. Na última, já não restava muita coisa: o que antes fora um conjunto harmonioso tornou-se uma nebulosa vermelha, um borrão, uma mancha.

Saí deprimido da universidade. Um deus tinha me visitado e eu não dera atenção a ele. Estava condenado a sacrificar meu dom em nome da sobrevivência. Não valia a pena continuar assim, a única solução era a que eu já tentara antes. Olhei os pulsos, lá estavam as cicatrizes testemunhando minha coragem. Agora mudaria o método. E a rua movimentada me pareceu a melhor saída. No entanto, não podia ser na vizinhança da universidade. Resolvi caminhar a um ponto mais distante. A cada passo, me sentia com uma segurança maior por causa da mancha vermelha. Caminhei vários minutos e, perto de um semáforo, fiquei olhando um Volvo vermelho. No volante, um homem que deveria ter minha idade; seu ar de alegria me deixou atrapalhado. Ele se virava para falar com a mulher a seu lado. Invejei o carro, a mulher e principalmente a segurança do motorista. Ele não tinha preocupação nenhuma. A realidade me mostrava tal como eu jamais poderia ser. Eu era ele, mas um ele inatingível.

O carro arrancou com violência e fiquei acompanhando seu rápido desaparecimento.

Abandonei então o meu projeto. Algo havia roubado meu desespero.

Depois de caminhar alguns minutos, tomei o ônibus para casa.

Persistia, em minha memória, o quadro borrado.

Resolvi me distrair com a paisagem, olhando tudo com uma nostalgia inexplicável. Notei que uma mulher me observava e, por um momento, me diverti com isso.

Sinal vermelho

Era ruiva e me sorria com cumplicidade. Desceu perto de um conjunto de apartamentos, convidando-me, com um sorriso, a fazer o mesmo.

Fiquei.

Em uma curva, onde a estrada divisa com um pequeno precipício, havia um acidente. O ônibus tinha que rodar com lentidão. Todos ficamos em pé, curiosos. O Corpo de Bombeiros resgatava os cadáveres ensangüentados do motorista do Volvo e de sua companheira. Não havia nenhum sinal de colisão, de freada brusca. Era como se ele, intencionalmente, tivesse conduzido o carro para aquele rumo.

No ponto final, desci e fiquei fascinado pela suavidade do pôr-do-sol de nuvens incandescentes. Depois, em casa, usei a lembrança daquela luz nesta tela de que você tanto gostou.

TERCEIRO BRAÇO

— Você não é o Marcos Moti? — me perguntou um senhor de bengala, parado sob a marquise. Não consegui reconhecê-lo, mas respondi que sim, dando início a uma volta ao passado.

— Você não está lembrado de mim, não é mesmo? Pudera, sou apenas um sobrevivente... Mas você engordou!

Disse isso e ficou em silêncio, me olhando. Só então percebi que o desconhecido era um hominho magro e se parecia com um jóquei.

— Acho que nos conhecemos nos tempos do Prado, não é?

— Isso mesmo... A última vez que nos vimos foi no Grande Prêmio Paraná de 1962.

Fiz um esforço para me recordar daquela época, mas não consegui recuperar muita coisa. Era um tempo morto, algo como um terceiro braço amputado, que não deixara vestígio.

— Foi uma corrida e tanto... Garoava e a gente com o corpo encharcado, as rédeas querendo fugir das mãos. Eu fiquei em segundo e você em terceiro. Foi a primeira vez que te venci.

Terceiro braço

— Sim, estou lembrado. Você é o Menino — falei.

— Agora já não me chamam de Menino — seus olhos brilhavam.

Fez uma pausa para controlar a emoção e observei que se vestia com simplicidade. Um par de calças pretas, um sapato rústico e uma camisa de tecido barato, exageradamente branca.

— Corri até os 30, daí me acidentei. Uma queda feia num prêmio em Ponta Grossa. O piso embaixo da areia era liso. O cavalo escorregou, caímos e nunca mais pude correr. Mas Deus me deu um consolo — falou já com certa alegria. — Meu filho é jóquei e monta o cavalo favorito do prêmio deste ano. Você precisa ver, corre com tanta garra que até parece parte do cavalo. Ele não ganha muito, as coisas ainda são como antes, mas dá para as despesas.

Só então lembrei que minha mulher esperava, querendo ir embora. Era sábado e tínhamos o que fazer. Dei a mão ao amigo de outrora, desejando felicidades e fui ao estacionamento pegar o carro. Depois de andar alguns metros, tive de olhar para trás.

— Não se esqueça de ver a corrida. Meu filho corre com o Fardado.

Concordei com a cabeça, mesmo sabendo que não assistiria ao prêmio. Desde que abandonei as pistas, não me interesso por hipismo. É como se eu nunca tivesse montado um cavalo.

Em casa, experimentei as roupas recém-compradas. Ao colocar um paletó importado, me senti ridículo, apesar dos elogios de minha mulher.

Passamos o fim de semana vendo filmes e me esqueci completamente do encontro.

Segunda cedo, fomos pro serviço. Edilton teve que dirigir para mim. Não estava me sentindo bem. Taquicardia, fadiga e dor de cabeça. Minha sorte é que Edilton trabalha no almoxarifado da mesma loja. Tem 27 anos e desde os 22 está na firma. Foi difícil conseguir emprego pra ele e, agora que se casou, temos que fazer de tudo para ajudá-lo. Quando eu me aposentar, quero que me substitua.

Naquela segunda-feira, trabalhei bastante para vencer minhas obrigações. Cada dia estava ficando pior. Meu estado depressivo ajudou a complicar ainda mais as coisas. A semana toda foi ruim, eu atendendo os clientes com má vontade. Não podia deixar isso acontecer. Cada cliente (só negociamos com grandes empresas) é uma espécie de propriedade do vendedor, que tem uma carteira fixa, fruto de anos de serviço. É essa clientela que quero deixar para Edilton. Sem isso, ele, que não tem vocação para o comércio, provavelmente fracassará.

O certo era me aposentar. Se continuasse atendendo os fregueses com má vontade, acabaria complicando a vida de meu filho.

No final de semana seguinte, passei o tempo todo amuado, tentando encontrar uma solução. Antes de entrar na loja eu havia corrido por seis anos, mas sem nenhum contrato. Por isso não podia contar com esse tempo. Foram anos de aventura interrompidos pelo casamento. Minha mulher (na época noiva) encontrou um terreno barato e, para comprá-lo, pedi dinheiro a um amigo. Fizemos

Terceiro braço

uma casa de madeira e comecei a trabalhar na loja, para pagar o empréstimo. Nunca tive outro emprego.

Resolvi procurar um advogado e me surpreendi quando ele disse que era necessário apenas comprovar minha atividade como jóquei para que este tempo fosse incorporado aos 30 anos de loja. Como as corridas apareciam nos jornais, bastava anexar ao processo fotocópias das matérias.

No sábado, fui à Biblioteca Pública e, no setor de Documentação Paranaense, pedi para ver a *Gazeta do Povo* do período de 1956 a 1962. No primeiro jornal já encontrei uma referência. O texto dizia que eu era um dos mais promissores jóqueis do estado e que o país devia esperar muito de mim. Minha alegria se desfez e passei a olhar os jornais com um pouco de angústia.

Em cada notícia que separava para xerocar, encontrava um adjetivo de elogio e de estímulo. Um comentarista dizia que eu havia trazido um estilo ousado ao hipismo paranaense. Encontrei-me então numa foto com a taça de campeão (onde andará a taça?) e, em outra, cruzando a linha de chegada. Ao me ver sobre o animal (esqueci completamente os nomes dos cavalos que montei), senti o vento passar por meu rosto e a perdida sensação da cavalgada.

Mas tudo foi uma ilusão. A janela da biblioteca se abrira e uma corrente de ar cruzava a sala.

Gastei a tarde inteira lendo os jornais e, nos últimos, encontrei uma foto de Menino. Ele disse ao repórter que eu fora seu mestre e que era uma grande perda esportiva minha saída das pistas.

Esta foi a última notícia que li. Depois de arrumar todos os jornais que deveriam ser xerocados, fui para a máquina copiadora com o meu passado feliz nos olhos. Na mão, tinha, num maço de papel, aquilo que perdera há muito. Agora definitivamente resgatado.

Para a aposentadoria.

ATRÁS DOS OLHOS DA MENINA

1.

Contemplar também é uma forma de agir – pensou enquanto olhava, da janela de seu quarto de hotel, a fina chuva que cobria o parque Trianon. Tinha um dia inteiro pela frente e não sabia em que se ocupar. Já descera à portaria do hotel para folhear os jornais. As notícias lhe davam a certeza de estar no presente. Não era outra a função do que ele lia com certo enfado, passando de um assunto irrelevante da sociedade a questões internacionais, descompromissado turista em terras sem atrativos, movido apenas pelo desejo de não ficar parado. As notícias preenchiam alguma coisa, embora ainda ficasse um grande continente vazio.

Neste ritual gastara parte da manhã. E, como chovia, recusou a idéia de uma caminhada pela Avenida Paulista, retornando ao quarto. Sentou-se na cadeira que acolhia a todos. O quarto de hotel era um útero provisório, uma roupa alugada que logo depois da festa deve ser devolvida. Não se sentia seguro ali; tudo no quarto tinha o objetivo de desequilibrá-lo. O que o cercava sabia de sua fragilidade, por isso ele evitava ficar muito tempo entre aquelas paredes. Como estivera ocupado em encontros com um grupo político para quem trabalharia nas próximas eleições, os dias tinham passado rápidos e tranqüilos. Só não contava com a suspensão das atividades agora, e isso o deixava entregue ao ócio, à chuva, ao quarto de hotel. Completamente desenraizado, sem ligação com os objetos, ele precisava se reconhecer em algo.

Não tinha uma cidade. Vinha pulando de endereço em endereço sem se fixar em nenhum – foi com esforço que afirmou para si mesmo que havia adotado Curitiba, sendo esta escolha muito mais forte e verdadeira do que a circunstância de ter nascido em Peabiru, cidade que deixara logo depois da adolescência. Sim, era curitibano. E sentia falta de seu território. Havia construído a sua vida e não abriria mão dela. Tornara-se um publicitário reconhecido, estava trabalhando para um grupo importante. Se os outros acreditavam nele, se lhe pagavam para que analisasse a situação do país, se era ele quem definia os cenários eleitorais, estabelecendo estratégias, se tanta gente o ouvia com atenção, como poderia duvidar de si mesmo?

A chuva continuava lavando tudo. Da janela, ele contemplava a manhã. Quis ocupar sua cabeça com o trabalho, mas não conseguiu. Embora com uma carreira ascendente, sentia-se uma farsa, mal lia as pesquisas eleitorais, não analisava o cenário, não tinha dados precisos sobre os candidatos. E, no entanto, sempre estivera do lado do vencedor. Seus candidatos acabavam invariavelmente vitoriosos. Por isso a fama de estrategista, seu destaque nos bastidores políticos, logo ele que jamais havia escrito um artigo consistente sobre o assunto, que abandonara a faculdade e não dominava outra língua. A qualquer hora seria desmascarado. Como publicitário, contava apenas com a intuição. Conduzido por ela, tomava as decisões corretas, criava perfis vitoriosos, promovia escândalos e opinava sobre tudo com a autoridade de quem se dedicara longamente ao ofício, quando era apenas um apostador. Todas as suas estratégias não passavam de jogadas. Estava acertando até chegar a hora de perder.

Ele se encontrava na profissão errada, na cidade errada, na cama errada, vestia a roupa errada, enfim, vivia sua história pelo avesso. Era isso que a chuva e o quarto de hotel lhe diziam. Tudo que queria era devolver as roupas emprestadas, renunciar à profissão postiça e talvez à própria cidade adotiva.

2.

Os sapatos não conseguem vedar a umidade. As meias, levemente molhadas, causam desconforto. Mas andar um pouco o livrará do esforço de ficar diante de uma vidraça embaçada que lhe devolve a própria imagem. Numa galeria na esquina da Avenida Paulista, toma um café que lhe dá um pouco de prazer. Nunca apreciou o café, e agora esta necessidade. Gostaria de fumar, um cigarro talvez ampliasse aquela pequena segurança. E súbito fica levemente eufórico.

Seu humor sempre fora variável, passando de alegre a zangado num instante. Se isso o levava a não conhecer a estabilidade, ao menos o livrava das crises depressivas.

A chuva parara e o sol, apesar de tímido, anunciava a urgência de viver. Francisco caminha com um pouco de paz. Tinha levantado sua vida contra um destino medíocre e hoje podia se orgulhar de sua capacidade de sobrevivência.

Na rua, todo mundo cuidando das obrigações. Isso lhe faz bem. Ser parte de algo, de algo que se movimenta, seguir sem olhar para os lados – é daí que vem sua força. A multidão o conduz pela rua e ele não reage. Viver é ser empurrado.

A chuva volta finíssima, obrigando-o a se esconder, junto com outras pessoas, no pátio do MASP. Como não pára de chover, vai para a bilheteria e logo está entrando no museu como quem entra num cinema sem sequer ver o que está sendo exibido. Move-o a necessidade de se ocupar e não o que ele encontrará lá dentro.

Mas sente um grande tédio quando o elevador o deixa no andar de cima. Põe-se a andar sem rumo pelas salas, olhando com indiferença telas e esculturas. Não há nada ali que lhe fale de perto, que tenha sido feito para ele, que guarde um parentesco com o que ele é. Percorrer museus e exposições é mudar o canal da tevê, passamos de uma para outra tela com desinteresse. Só muito raramente se dá o encontro com alguma coisa em que nos reconhecemos.

Ele anda lentamente, as mãos para trás, olhando tudo de longe. As telas não lhe dizem nada. Diante do trabalho dos artistas modernos sente enfado. Aquilo tudo parece falso, não comove, são apenas jogos infantis, e a distância entre os abstratos e os desenhos de sua filha é mínima. Apenas uma diferença de acabamento, embora os rabiscos da filha sejam muito mais vivos por não terem nascido da intenção de fazer arte, mas de uma necessidade comunicativa.

E de repente passa o tédio. O ambiente sem janelas lhe dá uma sensação de proteção que raramente sente. E de algum lugar vem um chamado. Se não fosse a impressão de estar sendo conduzido para um centro, ele teria sentado em um dos bancos para aproveitar a alegria.

Algo o puxa. Seria uma mulher? Isso era comum acontecer nas ocasiões mais inesperadas. Entrava em um restaurante cheio e experimentava uma atração por determinado ponto. Sem muito esforço, descobria uma mulher especial, nem sempre bonita, que também revelava interesse por ele. Estes jogos, que nunca iam adiante, ficaram como seus momentos de maior prazer. A atração por essas mulheres, geralmente acompanhadas, fazia com que estabelecesse uma ligação com pessoas distantes de seu círculo de amizades. Eram habitantes do mesmo país sensitivo. E elas também deviam sofrer experiências de orfandade, vendo nele um possível complemento. Daí o chamado tão forte, a atração violenta. Poderiam ficar horas no restaurante e, em nenhum momento, o interesse diminuía; ao contrário, ia se tornando cada vez mais envolvente. Nos primeiros tempos de casamento, Irma se preocupou com esta atração por estranhas, mas, aos poucos, foi achando isso não só interessante como vantajoso. Francisco ganhava vivacidade. Seus olhos se tornavam brilhantes e ele, no comum tão introvertido, exagerava nos comentários, numa alegria infantil que tornava tudo ao seu redor resplandecente. Em casa, ainda marcado por aquele encontro, prolongava o amor com Irma. Ela era a maior beneficiada. Essas mulheres, muitas vezes bem mais velhas do que ela, ou menos bonitas, lhe davam o conforto de saber que, mesmo quando envelhecesse, continuaria sendo desejada pelo marido. Não se tratava de um entusiasmo por meninas de seios arrebitados e nádegas carnudas. Francisco nunca buscava um corpo, e isso a deixava segura. Aos poucos, Irma foi também nutrindo interesse sexual pelas mesmas mulheres, para quem ela, discretamente, olhava com cobiça, aderindo à união inexplicável que estabeleciam com seu marido. Na cama com Francisco, não era raro Irma imaginar-se beijando uma delas. Embora depois se sinta envergonhada, sempre aguarda o novo encontro.

Francisco continua vagando pelas salas, puxado não sabe para onde. Algo pulsa em meio àqueles quadros e ele segue para o sorvedouro. Ao passar de uma sala para outra, num corredor, vê duas mulheres e um homem diante de uma tela. Sente-se arrastado para aquele local. O coração dispara quando mira as mulheres, que estão de costas para ele. Seguindo seus princípios, não se aproxima. Não deve interferir, tudo acontece sem que haja qualquer iniciativa da sua parte. Fica parado no corredor, esperando que se faça o contato. A qualquer momento, pode ser rápido ou demorado, haverá a sintonia. Francisco espera, fingindo olhar para o mesmo quadro. As mulheres riem, conversam com o homem que aponta algo na tela. Existe nelas uma alegria vulgar que não corresponde ao perfil das mulheres por quem se interessa. Elas só se tornam vivazes depois. Francisco nota que o grupo se movimenta para o lado oposto. Quando todos já estão na sala seguinte, descobre que a energia não vem de uma das mulheres, mas do que está no corredor.

Só então olha para o quadro que ocupa o centro da parede.

Embora o fundo da tela (uma paisagem interna) seja extremamente escuro, o centro (duas meninas) se projeta iluminado, com uma luz que vem de fora, não do cômodo fechado em que as pequenas modelos foram colocadas. Francisco esta diante de uma cena muito conhecida. O quadro tem certo convencionalismo, uma dose de infância feliz que o desagrada. É uma cena de alta sociedade, vê-se isso tanto no luxo pomposo do ambiente quanto nas roupas elegantes das meninas. Nada há ali que o ligue a seu passado de menino pobre – e voltam as cenas de uma infância. Experimentara a miséria que fere para sempre, que marca com fogo a memória, tornando a pessoa inaproveitável para a alegria.

A casa de madeira sem forro nem cerca ficava numa região de bares de prostitutas em Peabiru. A mãe, viúva ainda jovem, costurava para as putas, garantindo assim o sustento da casa. É deste período que tem as primeiras recordações de um corpo de mulher. As freguesas provavam as roupas na sua frente – e era um deslumbramento ver seios, coxas, nesgas de sexo livremente exibidos, com a naturalidade de quem já se despira infinitas vezes para estranhos. Depois, quando começou a freqüentar a catequese, veio a culpa. Sentia-se imundo pela proximidade com a luxúria. Ele vivia como se estivesse coberto por uma sujeira encalacrada. Para complicar, suas roupas eram feitas com retalhos dos tecidos que as prostitutas traziam para a mãe. Muitas, vendo a situação da família, compravam fazendas maiores, e sobrava pano para uma camisa ou uma calça. Estas eram as roupas de sair, feitas com uma única estampa. As de usar em casa exibiam um colorido excessivo por nascerem de muitos aproveitamentos. Assim, um calção era metade vermelho e metade verde. E o bolso de trás com certeza seria de outra cor. Na época, não se incomodava de vestir aquelas fantasias pobres, porque não sabia o que era a pobreza, a mãe e a avó nunca se lamentavam. Mas sentia vergonha de se vestir com os restos das putas. As suas roupas traziam as marcas do pecado. Durante as aulas de religião, sentia-se coberto pela luxúria. Mesmo magoando mãe e avó, recusou-se a continuar os estudos religiosos. Não revelou o motivo, porque sabia da inocência operária da mãe. Preferiu inventar que não acreditava em Deus. As duas ficaram escandalizadas e o obrigaram a rezar o terço todas as noites, para que se reconciliasse com a religião. Ajoelhado ao lado de sua cama, ele fazia esta penitência mecanicamente, muitas vezes com o sexo intumescido pelas recordações das partes femininas vislumbradas durante o dia.

E logo passou a andar com as crianças mais pobres da cidade. Assim que terminava de almoçar, perdia-se pelos terrenos baldios, acompanhando os meninos sujos, descalços, que falavam besteira e se masturbavam publicamente. Agora estava entre os seus.

5.
As roupas das meninas têm algo falso. O quadro que Francisco contempla é Rosa e Azul, de Renoir. O que o prende a um retrato de duas meninas da alta sociedade? Ele mal se move, estudando cada detalhe daquela composição. Há algo errado com ela, um ponto de desequilíbrio, e isso o atrai. Os vestidos tinham sido pintados, um mais para o tom rosa e outro para o azul, com pinceladas fragmentadas, criando contrastes. Contraste com os rostos das meninas, extremamente límpidos, de um realismo que distancia Renoir do impressionismo típico. As meninas não sofreram deformação ao passar pela consciência do pintor. Todo o pesado ambiente, com seus móveis e tapetes escuros, também está bem delineado. Ao contrário de outras telas do período, aqui os personagens não se fundem ao ambiente. E é fácil de entender o porquê: o retrato foi encomendado. Os pais não aceitariam que o pintor dissolvesse a face das filhas em pinceladas indecisas, criando um borrão colorido. Ele tinha de ser realista, dando às crianças uma imagem de pureza. O olhar impressionista, reservado apenas ao vestido, destoava do resto, ligando o retrato à escola do momento. Mas ele não pôde deformar nem o cômodo, que emoldurava a condição elevada das meninas, nem seus rostos.

Francisco pensa nestas concessões que Renoir fez para sobreviver. E se pergunta se um quadro encomendado, representando justamente a classe alta, pode ter algum sentido mais profundo para alguém como ele. Onde, nesta pintura adocicada, o encanto? Onde sua verdade se tudo é fruto de um acordo? Uma família querendo se ver na representação da inocência das filhas rosadas e rechonchudas. Francisco se lembra de algumas telas de Portinari – não de seus retratos, que nunca lhe falaram de perto por terem nascido do mesmo jogo. As telas mais queridas de Portinari são as dos meninos de Brodóski. Ali estava uma tradução da própria infância de Francisco, e não nesse quadro que, inexplicavelmente, o transtorna tanto.

6.

A mariposa, em sua prisão, circula em volta da luz, deixando queimar a ponta de suas asas. Francisco muda de posição, procura o lado esquerdo da tela para se livrar do feitiço. A menina de rosa o acompanha com um olhar onde ele enfim encontra o centro de seu espanto. É ela que o fascina – muito mais do que um simples interesse artístico, há ali uma entrega. Francisco mira aqueles olhos e lhe vem a vertigem. Sim, está diante de uma verdade da qual sempre fugira. Tentar o controle é impossível. A distância entre ele e as mulheres desejadas, mantida sem muito esforço, está suspensa. E aquele olhar toma conta de tudo, despertando algo muito forte.

A menina de rosa lhe dirige olhos úmidos, a um segundo do choro irreprimível. Durante décadas ficara olhando para os seus contempladores, pronta para arrebentar em lágrimas. Acompanhando os visitantes do museu, procurava entre eles aquele que entenderia seu desespero. Francisco muda de posição várias vezes, e é seguido pelo olhar da menina. Não consegue se desprender. Sua infância está ali e, por um momento, pensa ver o rosto da irmã por trás daqueles olhos. E se lembra de tudo. Num transe aparecem as imagens de um tempo desfeito em recordações esgarçadas. No torvelinho, o quadro de Renoir figura como um centro luminoso, irradiando energia. Súbito chove dentro do museu. É isso todo o Impressionismo, uma maneira comovida, turvada pelas lágrimas, de olhar o real. O olhar da menina é o do pintor, que percebe a passagem do tempo, não conseguindo se livrar da maldição de ver em tudo a brevidade.

Francisco sai rapidamente de frente da tela e procura outros quadros. Mas alguma coisa havia se soltado em seu interior, ele está sem lastros. Olha um Picasso com figuras geométricas e o que vê é um grande borrão. Tudo adquire este desespero, até a pintura mais acadêmica. Não há mais formas serenas. O museu gira, as formas se derretem. Havia rompido o fio invisível e frágil que segura a realidade. Sem ele, tudo se mistura, as imagens se embaralham, as pessoas viram fantasmas. Embora longe do quadro, segue na posse interior daquele olhar comovido. Sim, é dele aquele olhar. Trouxera-o desde a infância, escondido entre os trastes da memória. A menina convocou aquilo que dormia em seu interior. Francisco tem os olhos úmidos, não consegue ver secamente, por isso as cores escorrem umas dentro das outras.

Desce cego ao térreo e, deixando o prédio, sai na chuva. Os carros são cores velozes, os edifícios se dissolvem numa paisagem imprecisa. Tudo se deforma. Cenas pastosas, tempo lerdo. Logo ele está correndo pela rua, pisando as águas da enxurrada, como na infância.

SILÊNCIO BRANCO

Tirei o telefone do gancho e disquei o número. Eu sabia que era a última chance. Há um ano evitava qualquer contato, apesar de minha insistência. Quero te poupar este desgosto – me escreveu num bilhete, única notícia em todos estes meses de solidão e desespero, enquanto minhas cartas, longas e confusas, atestavam a dor que era, para mim, aquela separação. Mas agora eu tinha o telefone da casa onde ela estava em São Paulo e não podia esperar mais. Tinha adiado a chamada o dia inteiro, com medo de constrangê-la, mas o desespero acabou vencendo.

O telefone chama a primeira vez. O tempo é pastoso e escorre lento pelos minúsculos caminhos de um fio imaterial. O toque do aparelho não acontece de uma vez, como sempre me pareceu. Ele tem um passo lerdo e se assemelha à travessia de um longo corredor. Longe de ser um relâmpago, é uma seqüência de sons, doloridos e demorados, que me assusta, obrigando o coração a fazer seu trabalho em outro ritmo.

Não temos o direito de molestar quem nos ama, mesmo que seja em nome do amor. Devo desligar, digo a mim mesmo. É uma crueldade. Se ela não quis conversar quando estava melhor, com que direito invado agora a sua vida, derrubando portas, para dizer o que ela já sabe, que a amo, que não a esqueço?

O segundo toque é ainda mais angustiante e só a iminência de falar com ela, não, de falar para ela – veja como a coisa mexe até na linguagem: não posso mais falar com ela, tenho que me contentar com um monólogo solitário –, só essa iminência me deixa em sobressalto. Pode ser agora.

Mas não é. Débora sempre foi vaidosa, não ia permitir que eu guardasse uma imagem sua assim. Mas esta solidão é mais fácil para ela que a impõe em nome de meu bem estar. Droga, não quero ser poupado e não admito que nossa história termine sem um último confronto. Não há como suavizar esse desaparecimento, querida. Ele dói, dói muito – vou ensaiando o que falar quando ela atender. Não, não ficou bom assim, talvez eu deva recordar os dias lindos. Você se lembra da noite em que nos conhecemos? Você já mulher experiente e eu um menino. Depois de apresentados, ficamos um longo instante olhando um para o outro, não foi uma contemplação premeditada, eu simplesmente senti medo de dizer uma palavra e estragar tudo. Você então segurou minhas mãos, convidando para um passeio, e eu, cada vez mais tímido, saí contente por estar com uma mulher de verdade e não com uma menina. Mudo, fiquei ouvindo nossos passos na calçada.

Mais um toque, é o terceiro. Não sei se você vai atender, você pode ter abaixado o volume do aparelho, deixando o fax programado para recebimento automático. Logo você que sempre odiou escrever, agora está limitada a este meio de comunicação. Seria menos doloroso se eu te mandasse um fax, mas eu jamais pararia de escrever. Engraçado, estou falando com você antes mesmo de você atender.

Não vou me esquecer nunca dos últimos dias juntos. Eu sentia sua apreensão e você fazendo tudo em sigilo, sozinha, percorrendo clínicas, laboratórios, consultórios. Foram meses podres. Eu acordava com seu ranger de dentes – você chorava no sonho. Todas as vezes que eu tentava esclarecer as coisas, você fugia, mudando o rumo da conversa. Nunca viveu tão alegre como naquele período – uma alegria que queria dizer: é o fim, meu bem, aproveite os últimos capítulos.

Quando começou a quarta chamada, ela atendeu. Sei que era ela porque não disse nada. Depois de alguns segundos, pronunciei seu nome. E ouvi o que sobrou daquela voz: um fraco resmungo. Fiquei apenas ouvindo aquele silêncio que era uma forma desesperada de comunicação. Não era um silêncio com etapas, cheio de ruídos, e sim um silêncio branco. Não disse nada do que planejara.

É preciso aceitar as coisas – me lembro de um comentário dela, que só depois assumiu seu verdadeiro significado. Aceitar a mudez, aceitar a distância, aceitar o desaparecimento. Débora, que já não podia mais falar, escutava meu silêncio, eu escutava o dela. Talvez fosse isso a eternidade.

Não sei quantos minutos ficamos assim, vivendo

Silêncio branco

o vazio à nossa volta. Sabia que iria desligar, devia estar desesperada por não poder falar. Antes que desligasse, repeti seu nome, tudo que eu sentia por ela já havia sido dito. Não precisava acrescentar nada. E tive certeza – como estamos sempre querendo confirmação das coisas, meu Deus! – de que ela realmente me amava. Apesar de doloroso, seu silêncio me apaziguou. Aquela era nossa despedida. Depois de desligado, o telefone passou a emitir aquele som repetitivo. Era um grito de socorro. Débora estava precisando de mim e nós dois sabíamos que nada mais poderia ser feito.

Recoloquei o telefone no gancho e fiquei sentado no sofá. A casa quieta. Era mais do que quietude. Era vácuo. Súbito as paredes recuaram e os móveis se encolheram.

Então me levantei. Tenho que lutar, afirmei com toda a convicção. E liguei a tevê.

A DESEDUCAÇÃO DOS CINCO SENTIDOS

PALADAR

Minha mulher briga comigo por eu comer rápido, fazendo feio quando temos visita. E nunca terei coragem de explicar as minhas razões. Ela se irrita por eu não me preocupar com o cardápio e não ter preferência de bebidas e comidas. Comer é, para mim, uma necessidade. Mais nada.

Suas manias gastronômicas me são indiferentes. Sento à mesa com pressa, geralmente deixo o computador ligado no escritório, e, mal encho o prato – coloco sempre uma única vez, para não perder tempo –, me atiro com voracidade sobre aquele monte de vitaminas e calorias que não me excita nem me alegra. Jamais toco nas sobremesas, nem bebo sucos ou refrigerantes. Gosto de água, tomada depois da refeição. Encho a boca, movimento o conteúdo entre os dentes, e engulo. Viro em seguida o restante e, esteja quem estiver à mesa, peço licença para voltar ao escritório. Pode parecer gulodice ou mania de trabalhar, mas isso não passa de seqüelas de minha infância.

A deseducação dos cinco sentidos

    Menino de rua antes de ser adotado, fui freguês cativo das latas de lixo, engolindo rapidamente, para não correr o risco de ser roubado pelos outros, tudo que tivesse qualquer parentesco com comida. Engolia sem mastigar. Foi assim que me mantive vivo, educando minha boca para ignorar o sabor forte das coisas estragadas.

    Não culpo minha mulher por censurar este meu costume. Ela não sabe nada de meu passado e sempre teve uma vida decente. Como dizer a ela que mesmo seus pratos mais requintados me trazem à lembrança a lavagem servida aos porcos?

OLFATO

    Sigo pela rua distraído, carregando minha catinga de suor, urina e fezes. Não queira se aproximar do molambo matutino quem nunca experimentou o entulho com a gulodice dos miseráveis que se atiram sobre o cardápio lodoso do lixo. As mocinhas cheirosas, com seus perfumes adocicados, a caminho da escola, desviam deste enxame de moscas e de pestilências a que me reduzi por comunhão com a rua. Sou o verme que te lembra, ó musa das essências aromáticas, que um dia estarás em minhas mandíbulas – escultura de carne em disfarçado estado de putrefação.

    Caminhando pela rua, revoltam-me a limpeza e principalmente o cheiro das cadelinhas enfeitadas pro eterno domingo. Sinto o estômago embrulhado ao passar por um velho limpinho que tenta fingir que não é véspera da lama. Procuro os cantos onde os bêbados mijam, a proximidade das latas de lixo, e saúdo a mosca que enfeita as feridas.

Ao passar por uma loja de perfume, a moça que fica na porta, borrifando os bem-trajados, resolve se divertir às minhas custas. Molha-me com seu perfuminho e ri para as companheiras. Paro. Ela se assusta, mas, antes de ter tempo de se esquivar, cuspo o catarro amarelo da gripe nunca curada na sua calça branca e volto a caminhar, arrastando comigo um séquito de mosquitos.

TATO

De tanto trabalhar no serviço pesado, minhas mãos viraram cascos, sem habilidades suaves, embora eu possa segurar brasas vivas. É impossível, no entanto, catar uma agulha caída no chão. E quando toco em tecido fino, ele se gruda em meus calos.

Isso me impede de soletrar a Palavra de Deus, porque toda vez que tento folhear a bíblia, os dedos machucam o papel fino e não consigo virar a página. A mão do homem não foi feita apenas para aplainar o cabo das ferramentas.

Às vezes, saio à noite em busca de companhia. Levo alguma mulher para hotéis de programa. Ela arranca a roupa, apago a luz e tento entender seu corpo. Minhas mãos não sentem a pele e as curvas. Passam cegas sobre os contornos. É como uma lixa alisando madeira. Se tento ler os seios, apenas percebo uma saliência sem forma que não me excita. Geralmente me alivio ligeiro.

Em verdade, a vida me tirou as mãos e no lugar deixou dois instrumentos de trabalho que desconhecem o alfabeto do tato.

VISÃO

Seria possível um mundo em que todas as pessoas se recusassem a enxergar? Esta é uma idéia que muitas vezes assalta Valentino Escobar, professor de literatura.

Caminhando pela rua, ele avista uma linda mulher com apetitosas coxas que uma minúscula bermuda deixa à mostra. Seus seios dão contornos deliciosos a uma blusinha de malha. E o professor, que há muito deixou de contar com a possibilidade de possuir esse tipo de corpo, sente-se atormentado. Fecha rapidamente os olhos, mas a imagem já está armazenada em sua mente.

– O maior dom humano é o esquecimento – pensa Valentino –, se não pudéssemos abandonar certas imagens, certas palavras, seríamos um baú abarrotado de recordações. Atormentado pelo vivido e, principalmente, pelo visto, estaríamos condenados a enlouquecer. O esquecimento é a garantia da lucidez. Só a máquina pode armazenar experiências friamente.

Agora Valentino tem em si a lembrança daquilo que nunca terá. O esquecimento não pode ser natural, isso seria muito lento. Ele então apela para a Desmemória Induzida, método que consiste em uma grande concentração mental na imagem armazenada. Primeiro, fecha os olhos e tenta recompor a mulher em sua totalidade, detendo-se nas partes mais sensuais: os lábios pintados, os seios rompendo a malha, as coxas bronzeadas, os pêlos descoloridos dos braços e as montanhas macias das nádegas. Não pensa em mais nada e, no meio da rua, caminha lentamente, abrindo de vez em quando os olhos, apenas para orientar os passos. O resto desaparece, ficam somente um escuro e a imagem intrusa. Como o professor se concentrou muito nas minúcias da mulher cobiçada, ele sofre pequenas vertigens. Flutuando no buraco negro de sua mente, vê a mulher rodopiar na escuridão. O primeiro sinal da eficácia de seu método é o desaparecimento das peças do vestuário. Uma de cada vez, elas vão se desmanchando. Ele então percebe o seio nu, com sua pequena e concentrada aréola escura. Depois vê o umbigo na barriga levemente gorda. Aos poucos, a vegetação rala vai se tornando densa. A mulher fica, por alguns segundos ainda, nua e inteira. Em seguida – a duração do apagamento varia conforme a intensidade da energia despendida –, percebe que os cabelos sumiram, depois se desintegram os ombros, as pernas, os braços, os olhos, o nariz... Este é o momento mais difícil, pois o professor já se encontra fascinado pela mulher. Qualquer descuido pode reverter o processo e a decomposição se interromperia, desencadeando o retorno da figura feminina. O segredo é não deixar que haja desvio de atenção nem interrupção do esforço. Nesse ponto, a mulher é um conjunto de fragmentos que flutuam no vazio. Há ainda os seios, os lábios, o sexo, as nádegas, os pés e o umbigo.

É fundamental que o professor consiga perceber todas as partes de uma só vez, pois, individualizadas, elas guardam poder de encanto. Embaralhadas, porém, tornam-se um todo indistinto. Tendo conseguido, com sucesso, agrupar os fragmentos, o professor se concentra até que tudo vá se granulando e se desintegre.

Abre então os olhos, observando o céu ofuscante, as pessoas apressadas e as pedras do calçamento. Sim, está livre da mulher.

– Nosso grande mal – recomeça ele – é cultivar as lembranças. O homem não será feliz enquanto for dotado de olhos. Édipo estava certo. Cobiçara a mãe e esta fatalidade é creditada aos olhos. A culpa não está na boca que tocou a boca de sua mãe, nem da carne que entrou na carne. Os olhos foram os principais responsáveis. São eles que nos trazem as promessas de prazer. Os outros quatro sentidos são secundários e apenas confirmam a visão. Se nunca tivéssemos visto um bolo de chocolate e só sentíssemos o seu cheiro, poderíamos imaginar as delícias que ele anuncia? Foi a visão que nos ensinou o desejo. Ela, a grande criminosa. O que é a ambição? Apenas a vontade de possuir o que a vista nos mostra e elege como belo. Um agricultor tem o seu bom pedaço de terra. Tira dele mais do que é necessário para viver, mas está completamente infeliz. Olha a linha do horizonte e quer que tudo aquilo seja seu. E luta para arranjar meios de adquirir aquelas terras. Quando consegue, já está velho. Descobre então que suas vistas fracas podem ser melhoradas. Assim que começa a usar óculos se dá conta do distanciamento do horizonte. Logo agora, quando se encontra muito cansado para retomar seus sonhos expansionistas.

O professor, ainda caminhando, tira os óculos de lentes grossas. Não tem coragem de tomar a decisão extrema, apenas guarda as lentes no bolso da camisa. E a manhã se enche de neblina.

AUDIÇÃO

Na fábrica de latas moram os homens do Projeto Genético Desaudição. É um grupo ainda experimental que trabalha num ambiente com muito barulho de máquinas, chapas sendo dobradas e equipamentos desregulados. Fazem as refeições ali mesmo e dormem em pequenos quartos no galpão central.

Os cientistas descobriram que era mais fácil criar seres geneticamente refratários ao som do que reformular as máquinas. Este é o primeiro projeto em grande escala que conta com o apoio das entidades humanísticas. Depois de longos debates, elas admitiram que sem a audição o ser humano poderia viver melhor.

As experiências iniciais não tiveram êxito. Os cientistas se restringiram, com escrúpulos de alterar demasiadamente a arquitetura humana, a extrair os tímpanos. Os Homens Sem Tímpanos acabaram tendo problemas psicológicos por sentirem nostalgia da audição. Hoje contam com aposentadorias especiais, é bem verdade que não poucos em casas de repouso. Os cientistas perceberam que já no período de gestação, nas incubadoras, de-

A deseducação dos cinco sentidos

veriam ser apagadas, nos fetos, as ligações dos neurônios responsáveis pela audição. As operações foram delicadas e morosas, mas se conseguiu chegar ao primeiro casal totalmente desprovido de audição. Como os dois nunca tiveram este sentido, não rejeitaram seu destino. Daí em diante tudo ficou mais fácil: foi só reproduzir centenas de seres idênticos. Alguns morreram, mas a grande maioria sobreviveu e trabalha na fábrica, num sistema de escravidão extremamente confortável, mas sem conhecer nada da vida dos outros homens. Novos grupos estão sendo gerados e o projeto recebeu patrocínio de instituições de pesquisa por sua relevância científica. Trata-se da plataforma de uma ampla modificação genética que vai apagar setores do corpo humano que interferem na realização de certos trabalhos e acrescentar outros atributos, animais ou artificiais, que habilitem o homem a exercer tarefas hoje incômodas ou praticamente impossíveis.

O humanóide HD148 (Homem Desauditivo 148), morando havia anos na fábrica, e conhecendo todos os seus meandros, achou um jeito de fugir temporariamente, depois de seu turno, para percorrer incógnito a cidade proibida. É uma infração que pode prejudicar um pouco o andamento das coisas, pois destes seres experimentais sairão gerações mais aperfeiçoadas. A descoberta do que lhe foi tirado pode atrapalhar a aceitação de sua nova natureza.

Mas, por sorte, o HD148 é um espírito contemplativo, sem grandes inquietações. Foge para ficar sentindo o mar. Tudo que ele percebe, no entanto, é o barulho das ondas que se quebram nas pedras.

Um barulho terrível, feito de silêncios furiosos.

O SEGUNDO GUARDIÃO

Sentado ao lado de sua cama, guardo o sono perturbado do patrão. O abajur vence com dificuldade a escuridão do quarto. Para lá da vidraça, a noite é só trevas. Fico a noite toda acordado com um livro perto dos olhos – geralmente leio romances. Alguns pássaros, perdidos na sombra, soltam um canto de desolação. Abandono a narrativa que me consome as horas e fico ouvindo esses ruídos que nascem do abismo do universo.

Meia noite em ponto, paro em pé na frente da velha cômoda, onde fica minha comida. Um queijo já meio duro, algumas fatias de pão e uma jarra de vinho. Como tudo com a gula de quem trabalhou quatro horas nas profundezas de uma mina. A refeição é sempre a mesma, assim como minha tarefa.

Vou à janela e observo a noite. Tudo dorme. Apenas eu, deste quarto, ardo enfrentando a sombra. Volto à companhia do livro. Geralmente leio romances de aventura.

Eu poderia dormir um pouco no sofá que fica ali no cantinho do quarto, o patrão só vai precisar de mim lá pelas três horas da madrugada. Mas nunca fiz isso. Fui contratado para ficar aceso como um abajur. Somos os responsáveis pelo sono do velho. Sem nós, ele certamente enlouqueceria. E não queremos vê-lo desesperado. Acho que o sofá foi posto aqui para me tentar. O velho sabe que enquanto eu me sentir tentado não conseguirei dormir.

Se faltar energia elétrica, há um maço de velas ao lado do abajur. Até agora nunca precisei delas. Não houve nenhuma irregularidade nestes três anos em que me ocupo do sono do patrão.

O guardião que me antecedeu acabou recebendo as contas por fazer muito barulho. Daí eu caminhar pelo quarto sem os sapatos. Viro cuidadosamente as folhas deste caderno, sem me mexer muito na cadeira. Quando há lua, deixo a cortina aberta para que seus raios ajudem a sinalizar o sono dele. Então me sinto menos só e chego a abandonar o livro.

Mas se não há lua, fico debruçado sobre o romance ou sobre o caderninho de notas. Na sala, o relógio de parede soletra seu discurso monótono. Sei quando chega a hora. Fecho o livro e aguardo o momento exato. Parece que o relógio também interrompe sua contagem para acompanhar o que vai acontecer. Logo, o velho começa a se mexer sob os lençóis, resmungando – me aproximo com cuidado, ainda não é hora de acordá-lo. Em seguida, menciona nomes de pessoas que não conheci mas que já sei de cor. Primeiro o de Lúcio, a quem pede clemência, que não o machuque. Depois chama diversas vezes Antônia, como quem tenta impedir que alguém querido vá embora. Nesta altura, ele começa a chorar e a tremer. Os sons vão se tornando mais fortes e pouco compreensíveis. Sinto que chegou ao máximo do sofrimento. É hora do meu trabalho. Pego sua mão e o chamo, bem baixinho, várias vezes. O patrão vai apertando meus dedos até abrir os olhos. A primeira coisa que procura, firmando bem as vistas, é o abajur; depois, minha face.

— Ângelo, me diga que não estamos mortos, foi ou não foi um sonho?

Demoro um pouco para responder porque o patrão gosta que eu demore.

— Ainda estamos vivos.

Ele se acomoda mansamente na cama, fecha os olhos, mas continua segurando minha mão. Retorna ao sono e vai me soltando aos poucos. Quando já não sinto a pressão de seus dedos, entrego-me à cadeira.

Depois haverá a aurora, o sol me cegando, um ônibus para o subúrbio, o dia e meu sono sem pesadelos.

MEU SENHOR

No começo era assim. Ficávamos horas juntos, ele mexendo em mim e eu passiva. Eram encontros longos, em que ele ia me tornando algo totalmente diverso do que eu fora. Da escuridão do quarto onde me deixava, eu pressentia sua aproximação, reconhecendo seus passos no corredor do prédio. Sabia o momento exato em que aquela mão, que tantas vezes me tocara com as mais variadas intenções, abriria a porta deixando a claridade inundar tudo. Ele geralmente vinha após o almoço e ficava até bem tarde, quando o porteiro aparecia para reclamar do barulho (Este é um edifício residencial, meu senhor) que perturbava o sono do vizinho de baixo. Várias reclamações surgiram, mas ele persistia, indiferente, pois minha existência estava em jogo e isso se tornara, naquele momento, a razão de sua vida.

Em nossos primeiros encontros, quando eu não passava de matéria sem forma, ele agia com certa violência. Seus movimentos eram rudes no começo, mas à medida em que fui me parecendo com a imagem que fazia de mim, ele foi suavizando seus toques, me trabalhando com cuidado, estudando cada linha, cada curva de meu

Meu senhor

corpo. E eu, fruto de suas mãos, nascia mulher. Uma mulher que surge do homem, como nas sagradas escrituras, ele disse para si mesmo um dia.

Não dá para saber a duração de nossos encontros. Talvez uns dois anos. Mas este período teria sido longo mesmo que não ultrapassasse um dia. Não que ele se dedicasse exclusivamente a mim, coisa que nunca desejei. Mas quando estávamos juntos (unidos não só pelo amor, mas também pela necessidade: eu precisando ser criada; ele, ser o criador) o tempo se desdobrava.

Havia momentos de identificação total, mas também existiam intervalos de solidão em que eu ficava no quarto escuro, esquecida. Neste estado, eu o esperava pacientemente, como quem aguarda uma carta que pode chegar a qualquer instante ou daqui a dez anos – mas que chegará. Tal certeza vencia o desânimo.

Freqüentemente, vinha bêbado e, sem conseguir fazer nada, passava horas me olhando até adormecer no sofá. Também aparecia com manchas de batom, sinal das farras que tanto apreciava. Não posso dizer que não me magoasse, mas era uma dor que nascia não das atitudes dele e sim das minhas limitações. Mesmo sendo o que ele desejava, eu não conseguia satisfazer todas as suas carências. Com o tempo, passei a aceitar as ausências, aproveitando ao máximo os encontros.

Nosso relacionamento sempre foi ameno, embora tenham ocorrido instantes de ódio e de raiva – da parte dele, é claro. Isso acontecia principalmente quando achava que não era possível moldar-me da maneira desejada, quando percebia que eu tomava meus próprios caminhos e não os que ele traçara. Irritado com este desvio (que na verdade nem desvio era, apenas um sentimento de impotência), atirava sobre mim os trastes do quarto, chamando-me de porcaria e de cadela (talvez fosse o vocabulário usado com as outras). Depois destas crises de raiva, sumia por um longo tempo. Quando decidia voltar, ele me encontrava amorosa. E este era o melhor momento, ele vinha animado e carinhoso, tornando compensadora a solidão que o precedia. Antes de começar, alisava-me demoradamente, percorrendo minhas dobras. E eu sentia algo diferente.

Tantas vezes rude, tirando-me pedaços, lascando-me, e outras vezes atencioso, estudando as mínimas curvas de meu corpo, bolinando-me talvez como bolinava outras mulheres, ou tocando-me como um Deus toca sua criatura, ele me fez nascer mulher – como eu poderia ter nascido qualquer outra coisa, bastando para isso apenas que ele o desejasse.

Quando, ainda em nosso intenso começo, eu o via envelhecer, como quem acompanha uma fruta inalcançável que vai murchando, sentia uma dor profunda. Queria envelhecer com ele, ou melhor, queria envelhecer por ele. Eu não tinha forças para isso. Possuo resistência, mas não posso mudar nada.

Depois que me vi completa, notei que estávamos à beira de algo terrível. Ficamos juntos mais alguns meses – ele me contemplando com uns olhos de orgulho e desespero. Um dia, me abraçou e me beijou – um beijo com hálito podre de vinho. Senti contra minha perna direita, a que fica um pouco mais para frente, a ardência de seu corpo.

Meu senhor

Infelizmente, nesta hora, bateram na porta. Dois homens entraram, conversaram com ele, depois me ergueram e me tiraram do apartamento com a ajuda de um carrinho. Quando descobri o que estava acontecendo, quis gritar. Mas não podia. Meus lábios não se moviam. Ele ainda teve tempo de me tocar pela última vez.

Fiquei muitos anos sem revê-lo, pois vim para esta cidade longínqua. Apenas ontem nos reencontramos. A praça estava cheia, era finzinho da tarde e todos voltavam para casa. Notei que um velho me olhava, parado a alguns metros de mim. Só depois de um breve instante (quando ele se aproximou mais e pude olhar dentro de seus olhos), percebi quem era. Ele me estudava com ódio, talvez por me ver inalterada, mas nem esse rancor fez com que eu deixasse de amá-lo. O que eu sentia por ele, descobri então, era algo eterno. E ele, tão momentâneo, não podia imaginar o tamanho de meu afeto. Creio que veio até aqui para me encontrar sem um braço, com uma perna quebrada ou com outro defeito qualquer. Ficou chocado quando me viu perfeita, igual ao dia em que nos separamos.

Tentei desesperadamente me comunicar com ele, mas isso está além de minhas possibilidades. Triste, ele foi se afastando, como quem foge de algo querido que fere, e se perdeu numa esquina.

E eu parada, sem poder derramar uma lágrima nem mover o olhar para seguir seus passos, sem poder acenar um adeus para comunicar meu amor, minha gratidão. Presa ao meu destino, fadada a ver os homens passarem e os dias se sucederem, infindáveis.

Plantada no centro desta praça a um pedestal, como único consolo, aprofundo minhas raízes neste bloco de pedra.

O CORRESPONDENTE VITALÍCIO

Num momento de sorte, deixei o banco e comecei a trabalhar num escritório comercial como responsável pela correspondência. Tudo corria bem. Lia cinco ou seis cartas, geralmente breves, e dava as informações desejadas. Com grande tranqüilidade, eu vencia os dois lances da escada do prédio – não havia relógio de ponto e o patrão não se preocupava com horários, desde que o serviço não atrasasse. Antes de tomar conhecimento do que me esperava em minha mesa, ia para a copa, servia-me de um café e ficava conversando com os demais empregados que, ao contrário de mim, nunca descansavam.

Um de meus poucos inimigos era o senhor que entregava as correspondências e fazia serviços externos. Contaram-me que esse ódio, estampado em seu olhar quando me entregava uma carta, nascera por eu ter ocupado o lugar que ele sonhara para o filho. Nos momentos de amargura, ameaçava-me com uma vingança. Mas não era pessoa ruim, cumpria suas obrigações com muito zelo.

Durante mais de um ano vivi da forma que sempre desejei, fazendo meu serviço sem me prender ao relógio.

O correspondente vitalício

Freqüentemente, adiantava a correspondência para ir ao cinema à tarde. Todos estranhavam que o patrão nunca me repreendesse sequer com um olhar mais duro. Para quem tinha saído de um banco, onde se trabalha até a exaustão, a nova vida era uma maravilha. Eu tinha, na época, 55 anos e desejava aproveitar o resto do tempo antes da aposentadoria.

Meu único inimigo no escritório me apresentou, numa sexta-feira, certa carta com tanto entusiasmo, coisa que não lhe era comum, que acabei desconfiando. Respondi as outras, deixando aquela – onde previa uma cilada – para a semana seguinte.

Na segunda pela manhã, cumpri meu ritual e só me sentei para cuidar das obrigações às 10 horas. A carta aguardava sobre a escrivaninha. Era magra e trazia o endereço de uma firma do interior do estado. Abri o envelope e, meio frustrado, encontrei uma folha normal e as perguntas costumeiras sobre nossos produtos. Respondi com rapidez. No fim da tarde, o mensageiro coletou todas as cartas para levar ao correio. Antes de ir embora, como era rotina, fui recolher as folhas a seus envelopes, para depois arquivar. Com raiva, percebi que em um dos envelopes (justamente naquele que ficara da outra semana) existia mais uma folha que eu não vira. Enfiei a correspondência no bolso do casaco e fui para casa. Em meu apartamento, fiz um lanche leve e me entreguei à tarefa pendente. As perguntas eram mais difíceis e um tanto absurdas, mas tratei de arranjar respostas claras, breves e sensatas – como sempre fizera. Acabei perto da meia-noite e logo fui para a cama.

No outro dia, ao tomar o café, ocorreu-me uma dúvida: haveria outra folha no envelope? Corri para a estante, onde ficava minha pasta, e encontrei mais uma folha. Em casa mesmo, tratei de providenciar as respostas, o que me custou duas horas, obrigando-me a chegar ao escritório com grande atraso.

Foi a primeira vez que quebrei a rotina e segui direto para minha mesa, onde quatro cartas me aguardavam, despertando a curiosidade de meus amigos, que nunca tinham me visto agir com tanta dedicação.

Fiz o serviço com rapidez. À tarde, descobri – como já desconfiava – uma nova folha no envelope. Levei o material comigo. Agora era certo que o mensageiro estava se aproveitando de meus descuidos. Como na noite anterior, fiquei até a hora de dormir respondendo os questionamentos do hipotético cliente.

Na manhã seguinte, antes de sair, deparei-me com mais uma folha. Com raiva, arranquei-a de dentro do envelope, atirando-a ao piso, para encontrar outra. Fui tirando em cadeia as folhas, como um ilusionista que saca da cartola infindáveis lenços, um atado ao outro. A minha fúria era tanta que em pouco tempo havia papel espalhado por tudo. Foi sobre esta bagunça que me atirei, maldizendo a vida.

Quando consegui me acalmar, passei a recolher os papéis. Para organizar a bagunça, esvaziei uma pasta de plástico e ordenei as folhas. Contei 85. Com aquele calhamaço, fui para o escritório. Subi apressado as escadas, não cumprimentei ninguém e comecei a alinhavar palavras. Durante mais de um mês, ignorando sábados e domingos, trabalhei sem descanso para pôr as obrigações em dia. Além do serviço atrasado, eu ainda tinha que cuidar das correspondências diárias.

No princípio, o mensageiro se divertia com meu sofrimento – eu era o primeiro a chegar e o último a sair –, mas acabou ficando meu amigo. Sempre exigia que deixasse o serviço para depois, argumentando que eu estava levando tudo muito a sério. Agora ele me trazia o café, eu já não tinha tempo de tomá-lo na copa. Durante os dez anos que ainda trabalhei no escritório, dediquei-me a providenciar as respostas das cartas do dia e daquela que era infindável. Sabendo que, por mais folhas que tirasse de dentro do envelope, ele jamais ficaria vazio, estipulei um número de páginas (três) que seria diariamente lido e respondido. O mensageiro sugeriu-me que lesse apenas uma, já que aquilo nunca teria fim. Mas um sentimento de gratidão me obrigava a fazer o máximo.

Quando me aposentei, fiquei livre das correspondências que chegaram a partir daquela data. Não da que eu não conseguia terminar. Por isso continuo esta tarefa em casa, indo uma vez por semana ao escritório para me inteirar das novidades e, assim, responder com precisão. Se é que isso é possível, pois as perguntas estão cada vez mais absurdas. É bem provável que elas se repitam. Mas são tantas que não consigo saber.

O velho mensageiro morreu no primeiro ano de minha aposentadoria. Sempre vinha ao apartamento e me ajudava no serviço. Mostrou-se dedicado e atencioso. Depois seu filho passou a me ajudar com a mesma fidelidade. Afinal, acabei livrando-o do castigo. É animador tê-lo ao meu lado durante os momentos de fraqueza, quando me sinto pequeno diante da tarefa.

Foi ele quem chamou atenção para o fato de as folhas estarem cada vez mais amareladas e as letras mais apagadas. Não consigo deixar de responder, mas se o papel se esfarelar ou se as letras se apagarem, poderei descansar.

É isso que me dá forças para continuar.

OS SAPATOS DO FILHO PRÓDIGO

CENA 1 – *exterior, uma estrada poeirenta*. A câmera focaliza apenas os sapatos rotos (tipo coturno) que pisam rapidamente sobre um chão empoeirado. A câmera se detém por algum tempo nestes passos decididos.

CENA 2 – *exterior, em cima de uma árvore. Entardecer*. A câmera agora focaliza de longe, por cima de um muro, um homem de uns trinta anos que caminha pela estrada. Magro, roupa em trapos, de barba e de cabelos sujos, longos e maltratados. Deve ficar transparente que quem o observa está na copa de uma árvore. A figura do andarilho vai se aproximando aos poucos até que o muro o encubra. Esta cena também deve se estender por alguns segundos.

CENA 3 – *varanda de uma casa ampla*. Há uma cadeira de descanso, onde está sentado um senhor grisalho, de barba bem-feita e ligeiramente gordo. Ao ver um andarilho abrindo o portão, ele se levanta e vai ao seu encontro. O diálogo começa antes de estarem suficientemente próximos. Mesmo quando um está diante do outro, eles não se tocam.

Os sapatos do filho pródigo

FILHO PRÓDIGO — Você ainda me reconhece, pai?

PAI — Meu filho extraviado, seus olhos são os mesmos. Estes olhos gulosos de quem não se contenta com a linha do horizonte.

FILHO PRÓDIGO — Daquele que um dia partiu desta casa só sobraram os olhos. Dissipei minha herança, desperdicei minha energia, minha juventude. E este cabelo e esta barba, pai, têm o tamanho de meu sofrimento.

PAI — Aqui há bons barbeiros, seus cabelos longos não serão um problema.

FILHO PRÓDIGO — Nestes cabelos e nesta barba está a minha história. Tudo que quero é apenas lavá-los com bons produtos. Andaram tão maltratados.

PAI — Nesta casa, apenas o pai e o irmão mais velho podem portar barba. E, mesmo assim, nossa barba é sempre bem aparada. Para trilhar o caminho de volta há regras, filho.

FILHO PRÓDIGO — Quem andou tanto tempo pelas estradas sem dono perdeu o costume de respeitar placas.

PAI — Mas esta estrada que agora seus pés pisam tem um dono. Aos poucos você se acostuma.

FILHO PRÓDIGO — Mesmo sendo difícil, tenho vontade de tentar.

PAI — O que fez você reencontrar o caminho de volta?

FILHO PRÓDIGO — O fim de todo caminho é sempre o começo. Passei fome, me alimentei de restos, dormi no sereno, sofri a humilhação que nem seus piores empregados sofrem. Mas não me arrependo de nada. O dinheiro que daqui levei acabou logo. Era preciso que acabasse para que eu realmente conhecesse o mundo.

PAI – E você veio atrás do quê?

FILHO PRÓDIGO – Atrás da mesma coisa que me levou a partir de casa: experiência.

PAI – Aqui, experiência só há uma. E você deve aceitá-la. Venha, vamos aos fundos da casa, lá as empregadas providenciarão um banho e roupas limpas.

Já está escuro, os dois contornam a casa e desaparecem. Por um pequeno instante, a câmera focaliza a noite sem estrelas.

CENA 4 – *uma sala de banho espaçosa e rústica*. De um lado, no chão, as roupas sujas, o par de sapatos. Do outro, uma tina com água. No centro, uma cadeira. Em volta dela há muitas mechas de cabelos no chão. Uma senhora gorda e idosa organiza o ambiente. Entra o pai, ordenando:

PAI – Junte as roupas e estes cabelos e queime tudo. Não quero nenhuma lembrança do tempo em que meu filho esteve longe da verdade. De agora em diante, é como se ele nunca tivesse saído daqui.

O pai se retira e a empregada vai jogar a água da tina antes de providenciar o sumiço da roupa.

Assim que ela desaparece, alguém entra na sala de banho e retira o par de sapatos velhos. Não é possível ver o rosto da pessoa.

CENA 5 – O filho pródigo se encontra com o irmão mais velho no escritório da casa. O outro tem uma barba negra e é um homem com bastante peso. O pró-

Os sapatos do filho pródigo

digo traz a cabeça e a face raspadas, usa roupas limpas e justas, o que acentua sua magreza. Na estante do escritório existem livros, rigorosamente ordenados.

O MAIS VELHO – Então quer dizer que você voltou, rabo entre as pernas, para ver se ainda há bens para serem dilapidados.

PRÓDIGO – Até em casa acabei sendo roubado. Trazia meus cabelos e minha barba, agora sou como o filhote de ave que não pode voar por não ter penas.

O MAIS VELHO – Não se faça de coitado. Você chegou sujo, agora veste roupas novas e limpas. Contente-se com o conforto conquistado pelos seus.

PRÓDIGO – Mas nunca busquei conforto e sim paz. A paz de quem não tem nem um cão para cuidar.

O MAIS VELHO – Paz é se acomodar à verdade herdada.

PRÓDIGO – Desconheço verdade que não seja construída por conta própria. Herança só serve para ser dissipada.

O MAIS VELHO – Você lembra muito bem de nosso lema: a herança tem que ser transmitida.

PRÓDIGO – Só transmito aquilo que mora em minhas palavras.

O MAIS VELHO – Engula suas palavras, elas servirão ao menos para envenenar quem as profere. O que a casa paterna tem para oferecer é conforto.

PRÓDIGO – Irmão, irmão, saibas que não há conforto para se estar na palavra.

O pródigo vai até a estante e pega um livro. O filho mais velho sai irritado.

CENA 6 – *quarto de casal*. A mãe, uma senhora grisalha, de olhar perdido, está remendando roupas quando o pródigo entra em seu quarto. O quarto é austero. Móveis escuros, um pequeno oratório em um canto, um crucifixo na cabeceira da cama. O filho a beija na testa.

A MÃE, *voz cansada* – Então sou a última a ser procurada?

PRÓDIGO – As regras são da casa e não minhas. Primeiro o pai, depois o filho mais velho, por último a mãe.

MÃE – Há ainda mais um que deve ser visitado. Durante sua ausência senti tanto a sua falta que resolvi ter mais um filho. Na verdade, queria uma menina para me fazer companhia. Mas veio um menino pois é minha sina ficar sozinha.

PRÓDIGO, *meio atrapalhado* – Mas por que ninguém me falou neste caçula?

MÃE – Teria mudado alguma coisa?

PRÓDIGO, *andando pelo quarto* – Claro, ele é que deveria ser visitado primeiro. Nele está a esperança. Um irmão [*diz isso olhando para o teto, com um sorriso calmo*]. Tudo que sempre quis foi um irmão que me compreendesse. Vou contar-lhe tudo sobre minhas andanças. São tantos, mãe, os prazeres da estrada.

MÃE – Não diga isso, filho. Fora de casa só há dor e humilhação.

PRÓDIGO – Os prazeres têm seu preço. E eu nunca me arrependi deles.

MÃE – O caçula não quer ver você. Ele acha o irmão um fraco. Desculpe, filho, mais tenho que ser sincera. Quando soube que iam cortar o seu cabelo e sua barba, ele não acreditou. Disse que gostaria de passar os dias cuidando de sua cabeleira.

PRÓDIGO – E eu mãe, gostaria de viver o resto da vida contando o que aprendi fora de casa.

MÃE – Ninguém quer saber de suas histórias. Elas não servem para nada. Você tem que ensinar ao caçula a dureza da estrada. Não me faça perder o menino.

PRÓDIGO – E como é ele?

MÃE – Magro como você. Tem um olhar oceânico, uma mania de viver isolado, nos subúrbios da casa. Gosta dos pássaros, das árvores altas e odeia animais domésticos. Coleciona cartões postais de lugares remotos, vive decorando um atlas. Não aprende as lições que lhe ensino, mas sabe de coisas que não compreendo. Sozinho, estudou outras línguas. Já tentou várias vezes fugir, mas, para que não conseguisse, sonegamos dinheiro e calçado. Anda sempre descalço. Nenhum pé humano agüentaria as pedras do caminho. Os sapatos, meu filho, são instrumentos de fuga.

PRÓDIGO – Quero conhecê-lo. Sinto que reencontrei minha juventude perdida.

MÃE – Você tem que ensinar a ele as delícias da casa, as vantagens da obediência, as recompensas da continuidade. É para servir como exemplo que aceitamos você de volta.

PRÓDIGO, *falando baixinho, para si mesmo* – Tenho que ensinar a ele a vertigem do desconhecido.

MÃE – O que você disse, filho?

PRÓDIGO – Nada, mãe.

MÃE, *levantando-se e colocando a costura sobre a cômoda*

– Vamos, está na hora do jantar em sua homenagem. Depois você poderá procurá-lo.

Os dois saem abraçados.

CENA 7 – *Sala de jantar*. Uma mesa com quatro cadeiras. Atrás dela, um balcão com um amplo espelho que reflete a ceia toda. Há muita comida, principalmente carnes assadas. Todos comem e bebem alegres, menos o pródigo, que revira a comida no prato, sem vontade. No meio daquela família gorda e contente, de homens fortes e barbados, ele se sente estrangeiro. Olha no espelho e vê o contraste de sua figura franzina e pelada em meio aos demais. Sente, de súbito, uma solidão sem margens.

CENA 8 – *uma estrada, à noite*. A câmera focaliza os sapatos velhos do filho pródigo. Eles são exageradamente grandes para os jovens pés. Aos poucos, a câmera vai mostrando a figura de um adolescente com mochila nas costas, que caminha rapidamente. Rosto iluminado pela lua cheia, ele sorri.

HOJE, DOMINGO

Vasta e resistente, a mesa é a espinha dorsal da família. Sete lugares vazios que posso usar da maneira que quiser. Cada dia em uma das cadeiras. Hoje, domingo, sento Afonso. Daqui posso enxergar as pequenas rachaduras (algo como finíssimas varizes) na nesga de piso descoberta entre o tapete e a cristaleira. Sobre a mesa apenas o diário, um lápis com a ponta grossa, uma xícara vazia e migalhas de pão. Algumas tingidas pelo preto do café que, caído na toalha branca (última peça do enxoval), formou a imagem de um feto. Ao perceber isso, apalpo meu ventre despovoado, um aborto na minha idade, já pensou? Com o lápis começo a cutucar o feto. Tudo que consigo é furar a toalha sem tirar gota de sangue. Sentada Afonso, fico ao lado do lugar de Maria Augusta. Ingrata, não veio nem para o velório do pai, alegando que Rondônia é muito longe. Logo a filha de quem Afonso mais gostava. Daqui também posso enxergar a foto sobre a cristaleira. Emoldurada de pó, a família dialoga longos silêncios. Hoje, domingo. Meu almoço, café e torrada. A casa vai continuar em desordem até terça, dia da faxineira. Uma das paredes, toda de vidro,

Hoje, domingo

me prende e me comunica com a ruazinha de quintais apertados. Deste segundo piso, posso acompanhar o movimento externo. A vizinha, com seus braços longos, lava as calçadas. Seus filhos brincam no pátio com um cão doméstico. Mas chegará o dia em que aprenderão a brincar com os pássaros. Capricho na letrinha redonda, com a qual preenchi inumeráveis cadernos de caligrafia durante a infância. Para que tanto cuidado se ninguém vai ler estes diários? Mera terapia. Assentar no papel o que te inquieta, me aconselhou o médico. O diabo é que nada acontece. Tudo tão parado. Nem mesmo venta. Morto, o galho do chorão (derradeira companhia) não roça mais a vidraça. Tudo que possuo, meu Deus: sete lugares vazios e a necessidade de preencher as horas, os meses, os anos. Caqui verde, madurado à força, quem me provou ficou com o travo amarrento na língua? Por isso lançada num canto qualquer? Vou agora me levantar, colocar cuidadosamente a cadeira sob a mesa e alisar meus cabelos de velha. E depois voltar para o quarto lembrando que amanhã, segunda, sentarei Maria Augusta.